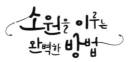

소원을 이루는
완벽한 방법

진정한 친구 모니카에게

소원을 이루는 완벽한 방법

바바라 오코너 소설

이은선 옮김

다섬
책방

하나

나는 내 책상에 놓인 종이를 내려다보았다.

'나는 어떤 친구일까요?'라고 적힌 종이였다.

맨 위에 윌리비 선생님이 '샬러메인 리스'라고 적어놓은 게
보였다.

나는 샬러메인 위에 큼지막하게 가위표를 그리고 '찰리'라고
적었다.

내 이름은 찰리다. 샬러메인은 여자아이에게 어울리지 않는
한심한 이름이라고 지금까지 엄마에게 수억 번은 얘기했을 것
이다.

나는 수학 연습 문제를 푸는 촌닭들을 둘러보았다.

내 베스트 프렌드 앨비나는 이 애들을 '촌닭'이라고 불렀다.

앨비나는 말했다.

"너, 아마 콜비에서 살고 싶지 않을걸. 벌건 흙길이랑 촌닭밖에 없거든."

그러고는 반짝이는 머리칼을 어깨 뒤로 넘기며 덧붙였다.

"분명 다람쥐를 잡아먹을걸?"

나는 주변 책상 밑에 놓인 도시락 가방들을 흘끗 훔쳐보았다. 정말 그 안에 다람쥐 고기 샌드위치가 들어 있을지 궁금했다.

다시 내 앞에 놓인 종이를 내려다보았다. 새로운 선생님이 나에 대해서 알 수 있도록 모든 항목을 채워넣어야 했다.

나는 **가족 소개를 해보아요**, 라는 문장 옆에 '안 좋음'이라고 적었다.

가장 좋아하는 과목은?

'없음'

가장 좋아하는 활동을 세 가지 적어보아요.

'축구, 발레, 싸움'

두 개는 거짓말이지만 한 개는 진짜였다.

나는 싸움을 좋아한다.

재키 언니는 아빠한테서 새까만 머리를 물려받았고 나는 불같은 성격을 물려받았다. "피는 못 속인다"는 말을 들을 때마다

5센트씩 받았다면 나는 부자가 됐을 것이다. 아빠는 툭하면 싸움을 벌여서 별명이 쌈닭이다. 내가 여기 노스캐롤라이나의 콜비에서 촌닭들에게 둘러싸여 있는 지금, 롤리에 있는 우리의 쌈닭은 싸움을 좋아하는 성격 때문에 또다시 교도소 신세를 지고 있다.

그리고 손바닥 보듯 빤하지만 롤리의 우리 집에 가보면 환한 대낮인데도 엄마는 커튼을 치고 협탁에 빈 음료수 캔을 늘어놓은 채 침대에 가만히 누워 있을 것이다. 하루 종일 거기서 꼼짝 않을 것이다. 내가 그 집에 있었다 한들 학교에 가든 소파에서 텔레비전을 보며 점심 대신 쿠키를 먹든 눈곱만큼도 관심이 없을 것이다.

"하지만 그건 빙산의 일각이지."

사회복지사는 내가 이 마을로 쫓겨와서 알지도 못하는 두 사람과 살아야 하는 이유를 나열하며 이런 소리를 했다.

"친척이랑 사는 게 차라리 나을 거야. 거스 이모부하고 버서 이모가 네 친척이잖니."

"어떻게 친척인데요?"

내가 물었다. 사회복지사는 버서 이모가 엄마의 언니이고 거스 이모부는 버서 이모의 남편이라고 설명했다. 이 부부에게는 아이가 없어서 나를 기쁜 마음으로 받아들이겠다고 했단다.

"그럼 재키 언니는 왜 캐럴 리하고 살아요?"

나는 똑같은 질문을 백만 번쯤 반복했다. 캐럴 리는 재키 언니의 가장 친한 친구다. 수영장이 딸린 근사한 벽돌집에서 산다. 캐럴 리의 엄마는 아침마다 침대에서 일어나 몸을 움직이고 아빠는 쌈닭이라고 불리지 않는다.

재키 언니는 사실상 성인이나 다름없어서 몇 달 있으면 고등학교를 졸업하기 때문이라고 사회복지사가 다시 한번 설명해 주었다.

내가 '나도 5학년이면 어린애가 아니지 않으냐'고 따지고 들자 사회복지사는 한숨을 쉬고 억지로 미소를 지으며 말했다.

"찰리. 당분간은 이모, 이모부하고 같이 살아야 해."

지금까지 한 번도 만난 적 없는 두 사람과 이제 와서 같이 살아야 한다니. 내가 얼마 동안이나 거기서 지내야 하느냐고 묻자 사회복지사는 상황이 정리되고 엄마가 정신을 추스를 때까지라고 했다.

정신을 추스르는 게 그렇게 어려운 일일까? 나는 그런 생각이 들었다.

"너에게는 안정적인 가정 환경이 필요해."

사회복지사는 말했다. 하지만 나는 그 말의 숨은 뜻이 무엇인지 알았다.

"너한테는 너희 집 같은 콩가루 가족이 아니라 멀쩡한 가족이 필요해."

나는 애원하고 반항하고 또 애원하고 반항했지만 결국에는 여기, 노스캐롤라이나의 콜비에서 '나는 어떤 친구일까요?'라고 적힌 종이를 내려다보게 되었다.

"다 적었니, 샬러메인?"

윌리비 선생님이 느닷없이 내 옆에 등장했다.

"제 이름은 찰리예요."

내가 말하자 앞줄에 앉은 떡진 머리 남자애가 침을 튀기며 웃었다. 나는 그 애가 벌게진 얼굴로 입을 다물 때까지 악명이 자자한 눈빛으로 노려보았다.

나는 윌리비 선생님에게 종이를 건넨 다음 선생님이 눈을 위아래로 움직이며 그걸 읽는 모습을 바라보았다. 선생님의 목이 얼룩덜룩하게 붉어졌고 입가가 실룩였다. 선생님은 나를 쳐다보지도 않은 채 교실 앞쪽으로 다시 걸어가서 종이가 뜨거운 감자라도 되는 양 자신의 책상 위로 떨어뜨렸다.

나는 허리를 살짝 숙이고 앉아서 땀이 찬 손바닥을 반바지에 대고 문질렀다. 아직 4월밖에 안 됐는데 벌써부터 쩌죽을 듯이 더웠다.

"내가 그거 도와줄까?"

앞줄에 앉은 남자애가 내 책상 위에 놓인 수학 문제지를 가리키며 물었다. 빨간 머리에 웃기게 생긴 까만색 안경을 썼다.

"아니."

내가 말했다. 그 애는 어깨를 으쓱하더니 책상에서 연필을 한 자루 꺼내 연필깎이가 있는 곳으로 걸어갔다.

절뚝.

절뚝.

절뚝.

절뚝.

그런 식으로 걸었다.

한쪽 다리가 다른 쪽 다리보다 짧은 사람처럼.

그리고 한쪽 발을 질질 끌어서 운동화에서 찍찍거리는 소리가 났다.

나는 시계를 흘끗 확인했다.

젠장! 11시 11분을 놓쳤네.

내게는 하얀 말을 봤을 때라든지, 민들레 씨앗을 불 때라든지 소원을 빌 수 있는 조건들이 몇 가지 있다. 그 가운데 하나가 정각 11시 11분에 시계 보기다. 쌈닭과 내가 종종 낚시를 하러 갔던 호숫가에서 미끼와 낚시 도구를 팔던 할아버지한테 배운 거다. 11시 11분을 놓쳤으니 오늘의 소원을 빌 다른 방법을 찾아야 했다. 나는 4학년 말부터 단 하루도 빠짐없이 소원을 빌어왔다. 이제 와서 건너뛸 생각은 당연히 없었다.

그때 윌리비 선생님이 연필을 깎는 빨간 머리 남자애를 턱으로 가리키며 물었다.

"하워드, 네가 당분간만 찰리의 책가방 짝꿍이 되어주면 어떨까?"

윌리비 선생님은 새로운 친구가 전학 오면 적응이 될 때까지 책가방 짝꿍이 데리고 다니면서 학교를 구경시켜주고 교칙을 알려준다고 설명했다.

하워드는 씩 웃으며 "네, 선생님"이라고 대답했고 그것으로 상황 종료였다. 원하든 말든 내게 책가방 짝꿍이 생긴 것이다.

그 이후로 오후 시간이 어찌나 더디게 흘러가는지 견딜 수 없을 정도였다. 아이들이 번갈아가며 사회 숙제에 대해 떠벌리는 동안 나는 창밖을 내다보았다. 보슬비가 내리기 시작했고 짙은 회색 구름이 멀리 보이는 산마루를 덮었다.

마침내 종이 울리자 나는 쏜살같이 교실을 빠져나와서 스쿨 비스로 갔다. 잽싸게 통로를 지나 맨 뒷줄에 자리를 잡았다. 내 앞자리에 들러붙은 껌딱지에 시선을 고정하고 주변으로 위잉, 위잉 텔레파시를 발사했다.

내 옆에 앉지 마라.

내 옆에 앉지 마라.

내 옆에 앉지 마라.

알지도 못하는 아이들로 그득한 버스를 탈 수밖에 없는 운명이라면 최소한 혼자 앉고 싶었다.

텔레파시의 효과가 어느 정도 있는 것 같기에 나는 시선을 돌려서 창밖을 흘끗 내다보았다.

위아래로 절뚝절뚝 걷는 그 빨간 머리가 걸음을 내디딜 때마다 엉덩이에 가방을 부딪쳐가며 버스를 향해 종종걸음을 치고 있었다.

그 애가 버스에 오르자마자 나는 다시 껌을 쳐다보며 텔레파시를 발사했다.

하지만 그 애는 1초의 망설임도 없이 발을 질질 끌며 통로를 걸어오더니 내 바로 옆자리에 털썩 주저앉았다.

그러고는 내 쪽으로 손을 내밀며 말했다.

"안녕. 나는 하워드 오덤이야."

그 애는 웃기게 생긴 까만색 안경을 추켜올리며 덧붙였다.

"네 책가방 짝꿍."

요즘 시대에 그런 식으로 악수를 청하는 애가 어디 있을까? 내가 알기로는 한 명도 없었다.

그 애는 그렇게 손을 내민 채 나를 빤히 쳐다보았다. 나는 어쩔 수 없이 악수를 했다.

"찰리 리스야."

내가 말했다.

"어디서 왔어?"

"롤리."

"왜 이사 온 거야?"

참견 대장이었다. 하지만 내가 냉혹한 진실을 폭로하면 입을 다물지 않을까 싶었다. 어쩌면 내 책가방 짝꿍도 포기하겠다고 할지 모를 일이었다.

"아빠는 감옥에 가고 엄마는 침대에 누워만 있어서."

내가 말했다. 그 애는 눈 하나 깜빡하지 않았다.

"아빠가 왜 감옥에 가셨는데?"

"싸우다가."

"왜?"

"왜라니?"

그 애는 티셔츠 밑자락으로 김이 서린 안경을 닦았다. 버스 안이 축축하고 후덥지근해서 얼굴이 발그스레했다.

"왜 싸우셨느냐고."

나는 어깨를 으쓱했다. 쌈닭이 싸운 이유는 알 도리가 없었다. 게다가 감옥에 간 이유가 그것 말고도 수십 개는 있었을 텐데 다들 내게 아무런 얘기도 해주지 않았다.

"거스 아저씨랑 버서 아주머니가 우리 엄마한테 네가 올 거라고 말씀하셨어. 두 분은 우리 가족이랑 같은 교회에 다니시는데 내가 예전에 한 번 고양이를 드린 적이 있어."

하워드가 말했다.

"우리 집 현관에 삐쩍 마른 회색 고양이가 살았거든."

하워드는 거스 이모부에게 새총 만드는 법을 배웠고, 버서 이모는 여름이 되면 가끔 길에서 오이 피클을 판다고 주절거렸다. 하워드의 엄마가 몰던 차가 이모네 집 진입로 옆 배수로에 빠지자 이모부가 트랙터로 차를 꺼내주었고 그러고 나서 다 같이 앞마당에서 바비큐 샌드위치를 먹은 적도 있다고 했다.

"두 분이랑 같이 살아도 좋을 거야."

하워드가 말했다.

"두 사람이랑 같이 살 생각 없어."

내가 말했다.

"롤리로 돌아갈 거야."

"아."

하워드는 자기 무릎에 얹어놓은 주근깨투성이 손을 내려다보았다.

"언제?"

"엄마가 정신을 추스르면."

"그때까지 얼마나 걸리는데?"

나는 어깨를 으쓱했다.

"오래 안 걸릴 거야."

하지만 단단하게 뭉친 뱃속에서 누군가가 그건 거짓말이라고 외쳤다. 걱정이 심장을 움켜쥐며 엄마가 끝까지 정신을 추스르지 못할 수도 있다고 했다.

버스가 학교 주차장을 빠져나와서 시내로 달리는 동안 하워드는 스쿨버스 안에서 지켜야 할 규칙에 대해 늘어놓았다. 자리를 맡아주면 안 되고. 껌을 씹어도 안 되고. 좌석 뒷면에 낙서를 해도 안 되고. 욕을 해도 안 되고. 하워드 말고는 신경 쓰는 사람이 아무도 없을 게 분명한 쓰레기 같은 규칙들이었다.

나는 창밖으로 콜비의 한심한 풍경을 내다보았다. 주유소, 이동식 주택 주차장, 빨래방. 도시라고 할 만한 건더기가 하나도 없었다. 쇼핑몰이나 극장, 심지어 중국 음식점 하나 없었다.

잠시 후에 버스는 산비탈을 올라갔다. 비가 멈추었고 아스팔트에서 수증기가 구불구불 피어올랐다. 좁은 길이 이리저리 꺾이면서 뱅글뱅글 이어졌다. 가끔 버스가 멈추면 마당에 붉은 흙이 깔린 구질구질한 집 앞에서 어떤 아이가 내렸다. 이모네 집에 거의 도착했을 때 버스가 멈추자 하워드가 말했다.

"안녕."

좀 더 어려보이는 빨간 머리 남자애가 하워드와 함께 내렸다. 나는 잡초로 덮인 마당을 지나서 집 쪽으로 걸어가는 두 아이를 쳐다보았다. 자전거, 스케이트보드, 축구공, 운동화 들이 현관문에서 대로까지 나뒹굴고 있었다. 물이 뚝뚝 떨어지는 수도꼭지에서 마당에 뚫린 구덩이까지 정원용 호스가 구불구불 이어졌다. 얼굴이 꼬질꼬질한 어린 남자애가 구덩이 안으로 돌을 던져서 흙탕물을 사방으로 튀기고 있었다.

하워드가 출발하는 버스를 향해 손을 흔들었지만 나는 다시 껌딱지 쪽으로 시선을 돌렸다.

마침내 자갈이 깔린 이모네 집 앞 진입로에 다다르자 나는 버스에서 내렸고, 길가의 야생당근을 뒤흔들며 멀어져가는 버스를 바라보았다. 진입로를 걷기 시작하는데 길가의 진흙 속에서 반짝이는 무언가가 보였다.

1센트짜리 동전이었다!

나는 달려가서 동전을 주운 다음 있는 힘껏 던졌다. 동전이 길바닥을 때리고 튕겨져 나와서 숲속으로 들어가기 전에 얼른 소원을 빌었다.

됐다! 오늘 치 소원을 빌었다.

어쩌면, 이번에는 정말 이루어질 수도 있다.

둘

빗물 웅덩이가 나오면 뛰어넘어가며 진입로를 걷는 동안 재키 언니는 지금 뭘 하고 있을까 생각했다. 어쩌면 고등학교 맞은편의 피글리 위글리 주차장에서 어떤 남학생과 담배를 피우고 있을지 모를 일이었다. 다들 언니가 하늘에서 내려온 천사인 줄 알지만 나는 아니라는 것을 안다.

이모네 집이 마침내 눈앞에 등장하자 나는 걸음을 멈추었다. 여기서 살기 시작한 지 벌써 나흘이 지났지만 산비탈 위로 불쑥 솟은 저 집은 아직도 적응이 되지 않았다. 집의 앞면은 땅바닥 위로 납작 엎드린 것처럼 보였고 관목들로 뒤덮여 있었다. 하지만 뒷면은 가파른 산중턱의 기둥 위에 얹혀 있었다. 기둥 윗부분에 조그만 베란다가 있었는데 흔들의자 두 개와 꽃이 만발한 화분들이 난간을 따라 놓여 있었다.

내가 콜비로 건너온 첫날 저녁식사가 끝났을 때 이모부가 나를 위해 부엌 의자 하나를 베란다로 끌고 나왔다. 이모는 질문을 백만 개쯤 퍼부었다. 학교에서 좋아하는 과목은 뭐냐, 행운의 숫자는 있느냐, 가끔 YMCA에 수영을 하러 가겠느냐, 삶은 땅콩을 좋아하느냐. 하지만 나는 이모가 질문을 멈출 때까지 계속 웅얼거리며 어깨만 으쓱거렸다. 너무 화가 나서 아무 말도 할 수가 없었다. 알지도 못하는 사람들과 베란다에 앉아서 이게 뭐하는 짓일까? 나는 자루에 담겨 버려진 새끼고양이처럼 길바닥에 내동댕이쳐진 느낌이었다. 그래서 우리 셋은 아무 말 없이 앉아 산 너머로 저무는 태양과 소나무 숲에서 깜빡이는 반딧불이들을 바라보았다.

나는 여름방학도 곧 시작되는 마당에 학교에 다니는 건 바보 같은 짓이라고 이모와 이모부를 설득하기 위해 지난 3일 동안 애를 썼다. 하지만 정신을 차리고 보니 촌닭들로 가득한 버스를 타고 학교로 가고 있었다.

"왔니."

내가 마당을 건너자 이모가 현관에서 외쳤다. 뚱뚱한 주황색 고양이가 창고 뒤에서 튀어나와 내 옆으로 나란히 총총걸음을 걸었다. 이모네 집에는 수많은 고양이들이 있었는데 그들은 현관에서 잠을 자고 창턱에서 햇볕을 쬐고 정원에서 벌을 잡았다.

나는 집 안으로 들어가서 낡을대로 낡은 이모부의 안락의자에 가방을 내려놓았다. 따뜻한 계피향이 부엌에서 흘러나왔다.

"커피 케이크를 만들었어."

이모가 말했다.

"왜 그걸 커피 케이크라고 부르는지 모르겠다. 커피는 한 방울도 안 들어가는데."

이모는 고양이가 들어올 수 있도록 문을 잡아주었다.

"아, 알겠다. 커피랑 같이 먹는 거라서 그런가 보다. 뭐, 그러거나 말거나 무슨 상관이니. 안 그래?"

나는 이모의 수다쟁이 기질을 첫날부터 알아차렸다. 이모는 며칠 동안 말 한마디 않고 지냈던 자신의 동생, 그러니까 우리 엄마하고는 달랐다. 하지만 얼굴은 놀라울 정도로 닮아 있었다. 칙칙한 갈색 머리, 길고 가는 손가락, 심지어 입가의 잔주름까지 같았다.

나는 식탁 앞에 앉아서 이모가 커피 케이크를 두툼하게 한 조각 썰어 내 앞의 키친타월 위에 얹는 것을 바라보았다. 이모는 내 옆으로 의자를 바짝 끌어당겨서 앉으며 말했다.

"학교 첫날이 어땠는지 전부 다 얘기해봐. 선생님, 다른 친구

들, 교실은 어떻게 생겼는지, 점심으로는 뭘 먹었는지, 쉬는 시
간에는 뭘 했는지, 사소한 것까지 전부 다."

"다람쥐 고기 샌드위치를 먹은 여자애들이 있었어요."

내가 말했다. 이모의 눈썹이 위로 솟구쳤다.

"다람쥐 고기 샌드위치? 진짜?"

나는 손가락에 침을 묻혀서 커피 케이크 부스러기에 대고 눌
렀다. 고개를 끄덕였지만 "진짜예요"라고 하면서 이모를 쳐다
보지는 않았다.

조그만 회색 고양이가 조리대에 앉아서 자신의 털을 핥고 있
었다. 하워드가 줬다는 고양이가 저 녀석인가 싶었다. 이모가
녀석을 안아들고 정수리에 입을 맞추었다.

"커피 케이크에 고양이 털이 들어가면 찰리가 싫어할 거야.
월터."

그러고는 타일 바닥에 조심스럽게 내려놓았다. 녀석은 싱크
대 밑에서 꼬리를 씰룩이며 화로 옆 끈적끈적하고 까만 점을 향
해 행진하는 개미 행렬을 구경했다.

"그리고 우리 반에 위아래 남자애가 있어요."

내가 말했다. 이모는 고개를 갸우뚱했다.

"아니, 도대체 위아래 남자애가 뭐니?"

이모는 창턱에 놓인 화분에서 갈색 이파리를 한 장 뜯어 주

머니에 넣었다.

"하워드라는 애가 위아래로 절뚝절뚝 걸어요. 이렇게요."

나는 하워드처럼 걸으며 식탁을 한 바퀴 돌았다.

"하워드 오덤."

이모가 말했다.

"마음씨가 비단결 같은 아이지. 얼마나 착한지 몰라. 다른 아이들이 스카이 콩콩이니 뭐니 하면서 놀려도 충격받지 마."

이모는 고개를 저었다.

"아이들이 가끔 정말 못되게 굴 때도 있거든."

"스카이 콩콩이요?"

"그래. 그 스프링 달린 막대 같은 거 말이다."

"그럼 두들겨 패줘야죠. 나라면 그러겠다."

이모는 눈을 휘둥그레 뜨고 나를 쳐다보다가 고개를 저었다.

"그 아이는 못 그래. 파리 한 마리 건드리지 못할 아이야. 그 집 식구들이 전부 그래. 착해. 다른 형제들은 가끔 거칠게 굴 때도 있지만. 그래도 착해."

이모는 식탁에 떨어진 케이크 부스러기를 쓸어서 싱크대에 버렸다.

"지난주만 해도 그 집 삼 형제가 와서 흰개미에 갉아먹힌 현관 널빤지 바꾸는 걸 도왔는데 동전 한 닢 받지 않더구나. 그래

서 순무를 가득 담은 삼베 자루를 들려서 보냈더니 얼마나 좋아
했는지 몰라."

순무? 순무 자루를 받고 좋아하는 애가 있다면 비정상이다.

이모는 다시 내 옆자리에 앉았다.

"그리고 또?"

이모가 물었다.

"다른 얘기도 들어보자."

나는 어깨를 으쓱했다. 윌리비 선생님이 '나는 어떤 친구일까
요?' 종이를 뜨거운 감자라도 되는 양 책상 위로 떨어뜨렸던 일
이나 하워드가 내 책가방 짝꿍이 된 건 얘기하지 않을 작정이었
기 때문에 그냥 "없어요"라고 했다.

"없어?"

"네."

이모는 뭔가 떠올랐다는 듯 식탁을 손바닥으로 때렸다.

"하마터면 깜빡할 뻔했네."

이모가 말했다.

"너한테 줄 게 있는데."

그러고 나서 내 거처가 된 좁은 손님방으로 따라오라고 손짓
했다.

"짜잔!"

이모는 팔을 앞으로 뻗으며 씩 웃었다. 나는 그 시선을 따라 한쪽 구석에 놓인 좁은 침대를 바라보았다. 신데렐라가 그려진 분홍색 베갯잇을 씌운 베개 두 개가 벽에 기대어 있었다.

"오늘 아침에 생각해보니까 전혀 꼬마 숙녀가 지내는 방 같지가 않지 뭐니."

이모가 말했다.

"그래서 빅랏츠 마트에 가서 저 베갯잇을 사왔지. 침대보도 같이 사려고 했는데 트윈이 아니라 더블베드용이더라. 거스가 책상 옮기는 거 도와주고 나면 다시 가서 폭신폭신한 분홍색 깔개도 살까 해. 피클용 유리병들도 치워야 할 테고 저 오래된 텔레비전은 고장 났지만…"

이모가 주절주절 말을 늘어놓았지만 내 귀에는 들리지도 않았다. 신데렐라 베갯잇? 내 나이가 조금 있으면 열한 살인데 이모는 다섯 살인 줄 아는 모양이다. 아이에 대해서 아는 게 별로 없는 듯했다.

그날 오후에 롤리에 있는 재키 언니가 전화를 했다. 캐럴 리의 사촌이 놀러 와서 입지 않는 캐시미어 스웨터를 줬다고 했다. 그리고 쌈닭한테는 배울 일이 없을 테니 캐럴 리의 아빠에게 운전을 배웠다고 했다. 머리카락을 파란색으로 조금 염색할까 생각 중이고 아를로라는 남자애를 따라서 샬럿에서 열리는 나스카 경기(자동차 경주 대회 - 옮긴이)를 보러 갈 거라고 했다. 행복한 자기 생활에 대해 이야기하느라 바빠서 다람쥐를 먹는 촌닭들과 함께 콜비에서 지내는 내 안부는 묻지도 않았다. 나는 전화를 끊은 뒤에 방으로 다시 들어가서 신데렐라 베개를 베고 누워 내 신세를 한탄했다. 언니는 어쩌면 그렇게 행복해할 수 있을까? 이제 나에게는 눈곱만큼도 관심이 없는 듯했다.

쌈닭도 이제 나에게는 관심이 없을 것이다. 교도소의 높은 담벼락 뒤에서 농구를 하느라 바빠서 알지도 못하는 사람들과 고양이들로 북적거리는 산 속의 이 집에서 사는 나는 생각도 나지 않을 테지. 핏발이 선 눈과 굽은 어깨를 하고 샤워 가운 차림으로 발을 질질 끌며 집 안을 돌아다닐 엄마도 내 생각을 하지 않을 게 분명했다.

나는 오늘 저녁에 그 베란다로 나가서 샛별이 뜰 때까지 기다렸다가 소원을 빌기로 마음먹었다. 하루에 두 번 빌면 이루어질지도 모른다.

셋

그날 저녁에 이모, 이모부와 함께 베란다로 나갔을 때 나무 위로 반짝이는 샛별이 보였다. 나는 눈을 감고 미친 듯이 소원을 빌었다.

"소원 빌었니?"

이모부가 물었다. 내 얼굴이 빨개지는 게 느껴졌다.

"아뇨."

이모가 이모부를 팔꿈치로 찔렀다.

"당신이 딘 삼촌이 없어져버렸으면 좋겠다고 빌었더니 정말로 없어져버린 이야기 해줘요."

이모부는 이모를 향해 손을 내저었다.

"어휴, 버티. 얘가 재미도 없는 옛날이야기를 듣고 싶겠어?"

이모부가 의자를 흔들자 베란다 바닥이 삐걱거리며 신음소리를 냈다. 이모가 쉴 새 없이 종알거리며 잠시도 가만히 앉아 있지 못한다면 이모부는 조용하고 태평하며 침착하고 느긋한 분위기를 풍겼다. 해가 떠 있는 동안에는 늘, 심지어 해가 진 뒤에도 절반 동안은 야구 모자를 쓰고 다니는데 듬성듬성한 갈색 머리가 모자에 눌려서 온 사방으로 삐죽빼죽 튀어나왔다. 모자 챙은 먼지와 손때가 묻어서 밤색이었다.

"저기, 저게 페가수스자리란다."

이모부가 저 멀리 산마루 위로 보이는 별 무리를 가리키며 말했다.

"거스는 과학자가 되었어야 할 사람이야."

이모가 말했다.

"별, 공기, 식물, 물, 날씨, 기타 등등 궁금한 게 있으면 뭐든 가르쳐줄 거야."

이모부가 조그맣게 **피유** 하는 소리를 냈다.

"네 이모부는 내가 자기 외모에 반해서 결혼한 줄 알거든."

이모가 나를 보며 윙크를 했다.

"사실은 똑똑한 머리에 반해서 결혼한 건데 말이지."

이모부가 웃음을 터뜨렸다.

바로 그때 어마어마하게 놀라운 일이 벌어졌다. 두 사람이 동시에 손을 내밀더니 서로 맞잡은 것이다. 누군가가 "좋습니다. 하나 둘 셋, 하면 손을 잡으세요"라고 말하기라도 한 것처럼. 나는 태어나서 지금까지 쌈닭과 엄마가 손을 잡는 것을 한 번도 본 적이 없었다. 첫, 엄마 아빠는 서로를 마주 보는 일도 거의 없었다.

나는 입꼬리를 올리고 흐뭇한 미소를 지으며 밤하늘을 바라보는 이모와 이모부를 쳐다보았다. 어쩌다 한 번씩 이모가 이모부 쪽을 돌아보는데 그가 쿠퍼빌의 매트리스 공장에서 일하는 머리숱 없는 남자가 아니라 멋진 영화배우라도 되는 것처럼 감미로운 눈빛이었다.

다시 부슬부슬 비가 내리기 시작했다. 차가운 빗방울이 떨어지자 우리 발치에 앉아 있던 고양이들이 쏜살같이 집 안으로 들어갔다.

나는 그날 밤 복잡한 머리를 달래며 잠자리에 들었다. 교도소에서 코를 골며 자고 있을 쌈닭과 어두컴컴한 침실 천장을 올려다보고 있을 엄마를 생각했다. 캐럴 리와 수다를 떨며 발톱을 칠하고 있을 언니를 생각했다. 위아래로 절뚝절뚝 걷는 하워드 오덤과 마음씨 착한 그의 가족을 생각했다. 그리고 반짝이는 페가수스자리 아래에서 손을 잡고 있는 이모와 이모부를 생각했다. 그러고 나서 한심한 내 처지를 생각하며 소원이 과연 이루어질 수 있을지 걱정 속에 잠을 청했다.

다음 날, 나는 언니에게 물려받은 퍼레이드용 하얀 카우보이 부츠를 신고 학교에 갔다. 하지만 버스에 오르자마자 그게 얼마나 큰 실수였는지 깨달았다. 통로를 걸어가는데 몇몇 여자애들이 내 부츠를 손가락질하며 키득거리고 수군거렸다. 나는 화끈거리는 얼굴을 달래며 그 애들을 노려보았다. 하워드가 자기 옆에 앉으라고 손짓했지만 나는 하워드의 뒷자리에 털썩 앉았다.

나는 오전 내내 책을 읽는 척하며 파란색 사인펜으로 팔에 그림을 그렸다. 쉬는 시간이 되자 하워드가 학교 구경을 시켜주려고 기를 썼다.

"내가 네 책가방 짝꿍이잖아. 잊어버렸어?"

하워드가 물었다. 나는 고개를 저었다.

"됐어. 관심 없어. 게다가 이 학교에 오래 다니지도 않을 건데, 뭐."

"왜?"

나는 눈을 부라렸다.

"얘기했잖아. 롤리로 돌아갈 거라고."

"하지만 너희 엄마가 정신을 추스르지 못하면 어떡해?"

하워드가 물었다.

무슨 그런 어이없는 질문이 다 있을까? 나는 쿵쾅거리며 급식실 창가 쪽으로 멀찌감치 자리를 옮겨 운동장에서 축구를 하는 아이들을 노려보았다. 한 번인가 두 번 하워드 쪽으로 고개를 돌려 흘끗 훔쳐보았는데 그 애는 시무룩한 얼굴을 한 채 흙바닥에 발로 동그라미를 그리고 있었다.

종이 울리자 모두 잽싸게 줄을 섰다. 거친 남자애들이 떼를 지어서 우악스럽게 하워드의 앞으로 끼어드는데 하워드는 아무 말도 하지 않았다. 내가 줄을 향해 걸어가고 있을 때 같은 반의 오드리 미첼이라는 여자애가 나풀나풀 내 옆으로 다가와서 말했다.

"부츠 멋지다."

오드리 미첼은 느물거리며 웃었고 그 애의 친구들은 뒤에서 키득거렸다. 쌈닭에게 물려받은 성깔이 코끝에서 머리 꼭대기로 치밀어 오르는 게 느껴졌다. 불덩이처럼 뜨거웠다. 나는 "고마워. 누굴 걷어차고 싶을 때 얼마나 좋은지 몰라" 하고는 뼈밖에 없는 그 애의 정강이를 걷어찼다. 그것도 아주 세게.

그 뒤로 몇 분 동안 비명소리와 울부짖음과 고자질이 이어졌고 나는 곧 메이슨 교장선생님 앞으로 불려갔다. 교장선생님이 나의 부적절한 행동에 대해 설교를 늘어놓는 동안 나는 오전시간 동안 팔에 그린 조그만 별과 하트를 열심히 들여다보았다.

교장선생님은 내가 뭘 잘못했는지 아느냐는 둥, 누가 나를 그렇게 걸어차면 좋겠냐는 둥, 관심도 없는 여러 가지 질문들을 늘어놓았다.

나는 "네" 아니면 "아뇨"라고 대답했지만 사인펜 자국으로 얼룩덜룩한 팔만 계속 쳐다보며 부츠 뒷굽으로 의자다리를 때렸다.

교장선생님이 이모에게 연락해서 내가 무슨 짓을 저질렀는지 알려야겠다고 했을 때 나는 어깨를 으쓱했다. 잠시 후에 나는 교실로 돌아가서 오드리 미첼에게 마음에도 없는 사과를 했고, 콜비의 학교생활 둘째 날은 그렇게 끝이 났다.

그날 오후, 버스에 탔을 때 하워드는 또 내 텔레파시를 무시하고 곧바로 나를 향해 돌진했다. 그러고는 내 옆자리에 털썩 앉았다.

"내 자리 맡아줘야지. 책가방 짝꿍끼리는 같이 앉는 거니까."

하워드가 말했다.

"그러면 규칙에 어긋나잖아."

내가 말했다.

"책가방 짝꿍 자리 맡아주는 건 괜찮아."

나는 눈을 부라리고 창밖을 내다보았다.

"오드리 미첼을 왜 걸어찼어?"

하워드가 물었다. 나는 그 애가 "부츠 멋지다"라고 하면서 어떤 식으로 느물느물 웃었는지 알려주었다. 하워드는 고개를 저었다.

"어휴, 찰리. 뭐 그런 일에 그렇게 화를 내고 그래? 별일도 아닌데."

나는 하워드를 노려보았다. 하워드에게는 별일 아닐지 몰라도 나에게는 그렇지 않았다. 나는 하마터면 쌈닭에게 물려받은 불같은 내 성격에 대해서 말할 뻔했지만 참았다. 대신 유치원에 다니기 시작한 첫날, 어떤 남자애를 연필로 찔렀다가 집으로 쫓겨난 적 있다고 얘기해주었다.

"지우개가 달린 쪽으로 찔렀어, 아니면 뾰족한 쪽으로 찔렀어?"

하워드가 물었다.

"뾰족한 쪽으로."

"어휴, 찰리."

나는 어깨를 으쓱했다.

"알아. 하지만 화가 났단 말이야."

"뭐 때문에?"

"그 애가 내 샌드위치에 엄지손가락을 쑤셔 넣었거든."

내가 말했다. 하워드가 또다시 고개를 젓자 빨간 머리칼이 안경 위로 쏟아졌다.

"앞으로는 이렇게 하자."

하워드가 말했다.

"화가 나기 시작하는 느낌이 들 때마다 '파인애플'이라고 말하는 거야."

"파인애플?"

"응."

"왜?"

"진정하라는 암호 같은 거지. 우리 엄마는 막내 코튼한테 벽에 낙서를 하고 싶을 때마다 '순무'라고 말하라고 했거든."

"효과가 있어?"

"가끔."

그렇게 한심한 이야기는 내 평생 들어본 적이 없었지만 나는 아무 말도 하지 않았다. 버스가 좁은 산길을 올라가는 동안 우리는 침묵을 지켰다. 창밖으로 소나무와 양치식물과 이끼 덮인 바위들로 빽빽한 숲이 이어지다 가끔 끝없이 뻥 뚫린 듯한 산으로 풍경이 바뀌었다. 그 위로 드리워진 하늘색의 엷은 안개는 짙은 푸른색 산과 대조를 이루었다.

"그래서 블루리지 산이라고 부르는 거야."

내가 콜비에 도착한 첫날, 이모부가 알려주었다.

"파란색이라서."

이모부는 소나무에서 발산되는 뭔지 모를 것 때문에 파랗게 보이는 거라고 설명을 이었다. 나는 무슨 소리인지 알 수 없었지만 알아들은 척 고개를 끄덕였다.

버스가 하워드의 집에 도착하자 하워드는 가방을 집으면서 말했다.

"기억해. 파인애플."

나는 하워드와 그 남동생이 금방이라도 무너질 것 같은 현관 앞 계단을 올라가서 방충망이 달린 문을 쾅 소리 나게 닫아가며 집 안으로 사라지는 것을 바라보았다. 침대보로 덮은 추레한 소파가 현관문 옆을 지키고 있었다. 현관 가장자리에는 누렇게 시든 식물과 말라붙은 꽃들이 심긴 커피 깡통들이 줄줄이 놓여 있었다. 하워드네 식구들은 마음씨가 하도 착해서 그렇게 허름해 보이는 집에 살아도 상관이 없는 모양이었다.

버스가 끙끙거리며 구불구불한 길을 칙칙폭폭 올라갔다. 친구를 발로 걷어찬 사건을 이모에게 어떤 식으로 얘기하면 좋을지 고민하고 있는데 창밖에서 벌어진 소동이 내 눈에 들어왔다.

이동식 주택들이 옹기종기 모여 있는 주차장 옆 흙길에서 개두 마리가 싸우고 있었다. 한 녀석은 작고 까맸다. 다른 녀석은 갈색과 검은색이 섞였고 심하게 비쩍 말라 있었다. 어린 여자애가 비명을 지르며 뭐라고 외쳤고 나이 많은 남자가 정원용 호스로 비쩍 마른 개를 겨누어서 엄청난 물벼락을 맞혔다.

"저리 꺼져!"

남자가 고함을 질렀다. 어떤 여자가 이동식 주택에서 달려 나와 작고 까만 개를 잡으려고 하는 동안 비쩍 마른 개는 이빨을 번뜩이며 으르렁거리다 갑자기 뛰기 시작했다. 산들바람에 긴 귀를 펄럭이며 버스를 따라서 1~2분 정도 달렸다. 나는 얼굴을 유리창에 바짝 대고, 길가를 성큼성큼 달리다 몸을 돌려서 숲속으로 사라지는 녀석을 바라보았다.

몇 분 뒤에 이모네 집 앞에서 내렸을 때 나는 내 카우보이 부츠를 내려다보았다. 언니가 이걸 신으면 정말 예뻤는데 나는 바보 같아 보였다. 그 애들에게 비웃음을 당해도 쌌다.

분노라는 익숙한 감정이 담요처럼 나를 덮었다. 하지만 이번에는 아무도 반기지 않을 머저리 같은 나 자신에게 화가 났다. 쿵쾅거리며 걷다가 걷어찬 자갈이 길가의 진달래 덤불 속으로 굴러들어갔다.

나는 "파인애플"이라고 속삭인 다음 이모네 집으로 걸음을 옮겼다.

넷

오드리 미첼을 걸어찬 일 때문에 이모가 노발대발할 줄 알았는데 놀랍게도 이모는 내 어깨에 팔을 두르고 "내일이면 괜찮아질 거야"라고 했다. 그러고는 나를 끌어안으며 덧붙였다.

"나는 그 부츠 좋은데."

이모는 나의 부적절한 행동에 대해 한마디도 하지 않았다. 엄마였다면 고래고래 소리를 지르면서 쌈닭처럼 나도 사고뭉치라고, 귀에 못이 박히도록 들은 말을 또 반복했을 텐데 말이다.

그날 저녁식사를 마친 뒤에 디저트로 블루베리 파이를 먹을 때 소원을 빌어야 하는 순간이 찾아왔다. 파이 조각의 뾰족한 끝부분을 떼어서 아껴두었다가 맨 마지막에 그걸 먹으면서 소원을 빌면 된다. 사촌 앨빈에게 들은 방법인데, 그 애가 말하길 형이 가출해서 결혼한 순간 소원이 이루어져서 방을 혼자 쓸 수 있게 됐다고 했다.

이모와 이모부는 내가 파이의 뾰족한 끝부분을 잘라서 접시 한쪽으로 치우는 걸 봤을 텐데 아무 말도 하지 않았다. 심지어 이모마저 저녁을 먹는 동안 침묵을 지켰다. 어쩌면 오드리를 발로 찬 일 때문에 나한테 화가 나서 그런 것일 수도 있었다. 어쩌면 **콩 심은 데 콩 나는 법**이라고 생각하고 있을지도 모를 일이었다. 어쩌면 그날 밤에 내가 얼마나 쌈닭을 닮았는지 모르겠다고, 도대체 무슨 생각으로 나를 받겠다고 했는지 모르겠다고 이모부와 수군거릴지도 모를 일이었다.

나는 그 뾰족한 파이 끝부분을 먹으며 소원을 빌고, 앞마당으로 나가서 이모부가 텃밭의 잡초 뽑는 것을 구경했다. 털이 북슬북슬한 까만색 고양이가 내 다리에 대고 몸을 비비며 요란하게 가르랑거렸다. 나는 흙바닥에 나뭇가지로 내 이름을 적었다가 지웠다. 그 주변은 풀 한 포기 없이 흙과 돌멩이뿐이었고 이런저런 빛깔들이 이곳저곳을 장식하고 있었다. 야생화 무더기가 빨랫줄이 묶인 기둥 주위를 듬성듬성 감싸고 있었다. 진입로 위로는 층층나무의 분홍색 꽃이 드리워졌다. 텃밭을 에워싼 육각형 모양의 철조망을 따라 나팔수선화가 깔끔하게 한 줄로 심어져 있었다.

이모부는 따뜻한 봄 흙을 이제 막 뚫고 고개를 내민 덩굴제비콩과 호박 사이를 조심스럽게 걸어가 조그만 토마토 모종 주변을 괭이질하며 휘파람을 불었다. 내가 콜비에 도착한 첫날, 이모가 이모부에게 말했다.

"찰리 데리고 텃밭 구경하러 가요!"

이모와 이모부는 모든 채소를 일일이 손으로 가리키며 덩굴제비콩은 어떤 식으로 장대를 휘감고 올라갈지, 호박은 어떤 식으로 노란색의 큼지막한 꽃을 피울지 설명해주었다. 나는 고개를 끄덕이며 "아하"라고 했다. 텃밭에 난 채소를 보고 달리 무슨 말을 할 수 있겠는가. 하지만 이모부는 아니었다. 누군가 오크라 모종에 새로 난 이파리를 일일이 살피고 통행로로 삐져나온 호박 덩굴이 있으면 치워가며 애지중지 텃밭을 가꾸는 이모부를 보았더라면 거기가 에덴동산인 줄 알았을 것이다.

내가 붉은 흙바닥에 낙서를 하는 동안 이모부는 휘파람을 불며 쟁기질을 했다. 그러면서 어쩌다 한 번씩 모자챙을 당기거나 모기를 잡았다. 이모가 부엌에서 사료를 주며 고양이들에게 말을 거는 소리, 새를 죽인 어떤 녀석을 혼내는 소리가 들렸다. 또다른 녀석에게 살이 너무 쪘다고 하는 소리도 들렸다.

다시 집 안으로 들어가려고 했을 때 무언가가 내 눈에 들어왔다. 마당과 숲을 가르는 관목 뒤에서 뭔가가 움직였다. 까만 고양이가 텃밭 옆 창고 뒤로 쏜살같이 사라졌다. 나는 꼼짝 않고 서서 눈을 가늘게 뜨고 어두컴컴한 숲속을 쳐다보았다. 덤불 뒤에서 개 한 마리가 머리를 불쑥 내밀었다. 갈색과 검은색이 섞였고 긴 귀를 늘어뜨린 비쩍 마른 개였다. 내가 그날 오후에 싸우는 걸 본 그 개였다!

녀석은 나를 보며 고개를 갸웃거렸다. 나는 까치발을 하고 녀석을 향해 천천히 한 발짝 다가갔다. 녀석은 고개를 살짝 숙이고 나를 쳐다보았다. 내가 번개처럼 빠르게 한 발짝 더 다가가자 녀석은 숲속으로 달아났다.

"에이."

나도 모르게 한숨이 나왔다.

"뭐라고?"

이모부가 텃밭에서 큰 소리로 물었다.

"저기 개가 한 마리 있어요."

나는 덤불 쪽을 가리키며 말했다.

"갈색이랑 검은색이 섞인 애? 귀는 축 늘어지고?"

"네. 방금 이모부도 봤어요?"

"아니. 하지만 전에는 몇 번 봤지."

"어느 집 개예요?"

이모부는 괭이를 울타리에 기대어 세워놓고 마당에 내놓은 접이식 의자에 앉았다.

"주인 없는 개야."

이모부가 말했다.

"몇 달째 이 주변을 돌아다니고 있어. 네 이모가 남은 음식을 계속 주고 있지. 이모가 주는 미트로프는 잘 먹는다만 다른 거에는 관심이 없어."

나는 숲 쪽을 바라보았다.

"제가 잡을 수 있을 것 같은데요."

이모부는 야구 모자를 벗고 머리를 긁었다.

"그 녀석이 얼마나 사나운지 아니?"

"제가 잡으면 키워도 돼요?"

"도망치지 않을까 싶은데."

하지만 나는 아니라는 걸 알았다. 나는 나를 반겨주는 집이 없는 신세, 떠돌이 신세가 어떤 건지 알았다. 그리고 녀석은 싸움꾼이었다. 나랑 같았다. 그 개와 나는 공통점이 많았다. 문득 그 비쩍 마른 개에 대한 애정이 파도처럼 나를 덮쳤다.

나는 그 자리에서 당장 엄숙하게 맹세하고 약속했다. 그 개를 내 가족으로 만들겠다고.

다섯

주말이 되면 학교를 쉬어서 좋을 줄 알았는데 이모가 일요일
에는 교회에 가야 된다고 했다.

나는 어렸을 때 말고는 교회에 가본 적이 없었다. 쌈닭은 교
회 사람들이라면 위선자에 광신도라고 질색했지만 엄마는 재
키 언니와 나를 데리고 한동안 교회에 다녔다. 나는 교회에 얽
힌 기억이 별로 없지만, 가는 길에 언니가 징징거리고 투덜대자
엄마가 언니의 다리를 때리며 조용히 하라고 했던 건 생각이 났
다. 그러다 엄마가 운전을 할 수 없을 정도로 예민해지고 목욕
가운을 벗거나 머리도 빗지 않는 지경에 이르자 우리는 더 이상
교회를 찾지 않았다.

일요일 아침에 내가 부엌으로 들어서자 이모는 나를 위아래로 훑어보더니 "아이구"라고 했다.

"원피스 없니?"

나는 너무 짧은 내 청반바지와 언니한테 물려받은 티셔츠를 내려다보며 고개를 끄덕였다. 이모는 나를 향해 손사래를 쳤다.

"뭐, 괜찮아. 이번 주에 사러 가자."

잠시 후에 이모부가 부엌으로 들어왔는데 나는 하마터면 누구인지 못 알아볼 뻔했다. 정장에 넥타이까지 매고 있는 게 아닌가! 거기다 진흙투성이 부츠가 아니라 반질반질하게 닦은 까만색의 끈 달린 구두를 신고 있었다. 손톱에 낀 텃밭의 흙과 야구 모자 때문에 납작하게 눌린 머리만 아니면 롤리의 돈 많은 은행원이라고 해도 믿길 정도였다.

이모부가 식탁에 앉자 이모가 이모부의 뺨에 입을 맞추었다.

"어머나, 근사해라."

이모부는 얼굴을 붉히며 어깨에 얹힌 이모의 손을 찰싹 때려서 떼어냈다. 그러고는 계속 옷깃을 잡아당기고 목덜미의 땀을 닦았다.

우리는 아침식사를 마친 뒤 산을 따라 내려가서 로키 크리크 침례교회로 향했다. 나는 안으로 들어가자마자 그날 아침에 나를 본 이모가 왜 "아이구"라고 했는지 알아차렸다. 다른 여자아이들은 모두 원피스를 입고 있었던 것이다. 나는 홍당무처럼 빨개진 내 얼굴과 청반바지가 얼마나 잘못된 선택인지 알았기에 어느 누구하고도 눈을 맞출 수가 없었다.

나는 이모와 이모부 사이에 끼어서 나무로 된 딱딱한 신도석에 앉았다. 오르간에서 교회 음악이 흘러나오는 가운데 점점 더 많은 사람들이 웃는 얼굴로 서로 인사를 하며 들어왔다. 잠시 후에 이모가 내 옆구리를 찌르며 속삭였다.

"오덤 가족 왔다."

시선을 들어 보니 하워드네 가족이 성서를 들고 신도석을 향해 걸어오고 있었다. 머리를 얌전하게 빗어 넘기고 교회용 신발을 신은 다섯 명의 남자애들이 서로 옆구리를 쿡쿡 찔러가며 요란하게 걸어왔다. 아이들의 엄마는 병에 걸린 이웃 할머니의 안부를 묻고 옆자리 아기 얼굴을 들여다보며 사람들과 인사를 나누었고, 빨간 머리의 아빠는 손수건으로 연신 얼굴을 훔쳤다.

기도와 찬송가가 끝나면 주일학교가 아이들을 기다리고 있었다. 내 반으로 들어갔을 때 오드리 미첼을 보고 얼마나 놀랐는지 모른다. 그 애 역시 우주선에서 방금 전에 내린 화성인이라도 등장한 것처럼 눈을 휘둥그레 뜨고 나를 쳐다보았다. 나는 오드리 미첼과 최대한 멀찌감치 떨어져서 앉았고 잠시 후에 하워드가 위아래로 절뚝거리며 다가와서 내 옆자리에 앉았다.

머리는 희끗희끗하고 얼굴에는 주름이 자글자글한 매키 선생님이 주일학교 교사였다. 선생님은 단 1분도 뜸 들이지 않고 나를 찰리 리스라고 소개하고 같은 교회 식구로 반갑게 맞이해 주긴 바란다고 했다. 그런 다음 〈선한 노아〉라는 노래를 가르쳐 주었다. 하워드가 어느 누구보다 우렁찬 목소리로 노래를 불러서 나는 살짝 당황스러웠지만 아무도 신경 쓰지 않는 눈치였다.

노래 배우기가 끝나자 매키 선생님은 성서 수사관 게임을 할 거라고 했다. 성서 수사관 카드에 적힌 문제를 내서 한 문제를 맞힐 때마다 성서 동전을 주는 게임이었다. 성서 동전을 많이 모으면 상품으로 바꿀 수 있었다.

선생님이 문제를 읽는 동안 남자애들은 꼼지락거렸고 원피스를 입은 여자애들은 수군대며 키득거렸고 보기 흉한 청반바지를 입은 나는 입 다물고 있었다.

삼손은 머리를 몇 가닥으로 땋았을까요?

눈 내리는 날 사자를 죽이러 굴속으로 들어간 사람의 이름은?

미인대회 우승자 출신의 왕비는 어느 편, 어느 장, 어느 절에 나올까요?

하워드는 매번 손을 번쩍 들었지만 나는 동전을 한 개도 받지 못할 게 분명했다.

주일학교가 끝나자 어른과 아이들 모두 친교실에 모였다. 이모는 미인대회 우승자라도 되는 것처럼 나를 데리고 다니며 친 교실의 모든 이에게 소개하고, 내 얼굴을 들여다보며 나와 함께 지낼 수 있어서 자신들이 얼마나 감사한지 모른다고 했다. 사람들은 고개를 끄덕이며 "잘됐네요"라고 했지만 분명 속으로는 왜 엄마와 아빠가 나를 돌보지 못하는지, 여자아이들은 교회에 청바지를 입고 오면 안 된다는 것을 내가 왜 모르는지 궁금해했을 것이다.

이모가 하워드의 엄마에게 나를 소개하자 그 아주머니는 나를 끌어안으며 하워드에게 내 이야기를 들었다고 했다. 그러더니 목을 길게 빼고 강당을 둘러보았다.

"오덤 아저씨는 밖에 나갔나 보다. 그리고 우리 아들 녀석들은 자리에 오래 붙잡아둘 방법이 없어서 너한테 인사를 못 시키겠네."

오덤 형제 몇 명은 넥타이를 풀어헤치고 셔츠 자락을 펄럭이며 잡기 놀이를 했다. 형제들이 종이접시에 담긴 브라우니를 낚아채는 동안 하워드는 모든 사람들에게 성서 동전을 자랑했다.

"하지만 우리 집에는 언제든 놀러오렴, 알겠지?"

오덤 부인이 말했다. 이모는 나를 보며 씩 웃었다.

"고맙지 않니, 찰리?"

나는 고개를 끄덕이며 "그럴게요, 아주머니"라고 말했다. 그래야 한다는 걸 알았기 때문이다.

마침내 산중턱의 집으로 돌아갈 때가 되자 나는 그 떠돌이 개를 다시 보고 싶은 마음에 차를 타고 가는 내내 지나치는 모든 숲과 마당을 살폈다. 하지만 개는 보이지 않았다. 대신 건초를 가득 실은 트럭을 보았다. 언니의 친구 캐시가 말하길 건초를 가득 실은 트럭을 보면 열셋을 센 다음 소원을 빌 수 있다고 했다. 그래서 나는 고민할 것도 없이 소원을 빌었다.

학교생활은 날이 갈수록 심각해졌다.

윌리비 선생님은 내가 숙제를 내면 죄다 빨간 색연필로 '수업 끝나고 남을 것' 아니면 '다시 한번 생각해볼 것'이라고 적어서 돌려주었다.

아예 숙제를 하지 않을 때도 있었다. 그 학교에 오래 다닐 것도 아닌데 시간 낭비하는 것 같았다. 어쩌다 한 번씩 이모가 숙제 있느냐고 물었지만 나는 어깨를 으쓱하고 화제를 돌리는 데 도사였다.

세다가 빨간 색연필로 체크가 된 숙제라면 이골이 나 있었다. 나는 롤리에서도 모범생은 아니었다. 학교에 가지 않거나 숙제를 하지 않는다고 언니 혼자 호들갑을 떨면 나는 엄마도 아니면서 참견하지 말라고 콕 집어서 말했다. 선생님이 집으로 연락해서 형편없는 내 수학 점수를 알리거나 독후감을 왜 제출하지 않았느냐고 물으면 엄마는 한 5분 동안 고래고래 소리를 지르며 잔소리를 늘어놓다가 뼈만 앙상한 손으로 허공을 가르듯 휘두른 뒤 한숨을 쉬며 말했다.

"이래봐야 무슨 소용이겠니?"

그러고는 화를 낼 필요도 없는 일이었다고 중얼거리고 침실용 슬리퍼를 질질 끌며 방 밖으로 나가버렸다.

그래도 롤리에서는 학교에 가면 친구들이나마 있었는데 여기에서는 내가 급식실 테이블에 앉으면 여자애들은 고약한 냄새라도 맡은 것처럼 얼굴을 찡그리며 자기들 식판을 들고 멀찌감치 도망갔다. 나는 매일같이 오후가 되면 배가 아프다며 꾀병을 부리고 양호실로 가서 사인펜으로 팔에 별과 하트를 그렸다.

쉬는 시간이 되면 하워드가 나를 졸졸 따라다니며 자기가 내 책가방 짝꿍이라고 일깨우고는 쉴 새 없이 질문을 던졌다.

"감옥으로 아빠 면회 간 적 있어?"

"언니는 왜 같이 안 왔어?"

"내 성서 동전 몇 개 줄까?"

나는 대답을 할 때도 있었고 하지 않을 때도 있었다.

하워드의 문제는 모든 걸 그냥 튕겨내버린다는 거였다. 하워드는 어떤 일에도 전혀 짜증을 내지 않았다. 모든 아이들에게

따돌림을 당하는 게 분명한데 신경도 안 쓰는 눈치였다. 하워드의 동생 드와이트는 늘 욕을 하고, 치고받고, 공을 주고받고, 주먹을 부딪치며 인사하는 친구들과 어울려 다녔지만 하워드는 절대 거기 끼지 않았다. 이모 이모부와 함께 차를 타고 두세 번 시내로 가는 길에 하워드의 형 벌과 레니가 친구들과 미식축구공을 주고받거나 농구를 하는 걸 본 적 있지만 하워드는 항상 계단에 앉아서 공책에 뭘 끼적이거나 차고 옆에서 자전거를 만지작거리고 있었다.

한번은 그 집 앞을 지나가면서 이모가 하워드를 보고 한마디 한 적이 있었다.

"저 아이는 딱하게 혼자 있을 때가 너무 많더라."

"그게 뭐 어때서."

이모부가 말했다.

이모는 고개를 저었다.

"아이한테는 안 좋지. 애들한테는 친구가 있어야 하는데."

이모는 한숨을 쉬었다.

"이해가 안 되네. 저렇게 착한 애도 없는데."

"위아래로 절뚝거리는 것 때문일 거예요."

내가 말했다.

"그 애들 참 못됐다."

이모는 고개를 돌려서 나를 마주보았다.

"찰리, 너는 여기 콜비에서 친구들을 아주 많이 사귀게 될 거야. 나는 알아."

이모는 걸스카우트, 4-H클럽을 비롯해 내가 콜비에서 할 수 있는 활동들을 줄줄이 늘어놓았지만 나는 창밖을 빤히 쳐다보며 못 들은 척했다. 이모는 조넬이라는 친구가 페어뷰에 사는데 내 또래 딸이 있다고, 내가 원하면 토요일에 그 집에 놀러 가도 되고 아니면 애슈빌에 있는 쇼핑몰에 가도 된다고 했다. 콜비가 무슨 디즈니월드라도 되는 것처럼 이모의 이야기는 끝도 없이 이어졌다.

"당신이 하도 말을 많이 해서 저 아이 귀에 딱지가 앉겠어, 버티."

이모부가 말했다. 이모는 웃으며 장난스럽게 이모부의 팔을 때렸다.

"그 개는 어디 있을까요?"

나는 이모부에게 물었다.

"누가 알겠니. 온 사방을 돌아다니는 걸."

나는 주인 없는 그 개를 찾으려고 주변을 모두 뒤졌다. 녀석이 이모네 집에 찾아온 뒤로 두 번이나 더 만났지만 녀석은 두 번 다 나를 보자마자 숲속으로 쏜살같이 달아나버렸다.

"내가 만든 미트로프를 좋아해. 그건 장담할 수 있어."

이모가 말했다.

"냄비까지 깨끗하게 핥아먹고 어찌나 잽싸게 도망치는지 나도 거의 보진 못해."

나는 의자에 몸을 묻고 한숨을 쉬었다. 나는 절대 그 개를 잡지 못할 것이다. 그리고 잡는다 해도 문제였다. 내가 과연 키울 수 있을까? 엄마는 아마 폭발할 것이다. 하지만 쌈닭은 교도소에서 엄마에게 전화해 우는소리 좀 그만하라고 하면서 나에게는 원하면 개를 키워도 좋다고 할 것이다.

시내로 가는 큰길로 들어서는데 벌판에서 파리를 쫓느라 꼬리를 흔들며 풀을 먹고 있는 까만 말 한 마리를 보았다. 나는 말을 향해 주먹을 세 번 휘둘렀다. 소원을 빌기 위한 의식이었다. 하얀 말을 보았을 때는 그냥 소원만 빌면 된다. 하지만 까만 말을 보았을 때는 말을 향해 주먹을 세 번 휘둘러야 했다. 쌈닭이 가르쳐준 거라 좀 미심쩍기는 했지만 그래도 들은 대로 주먹을 휘두르며 소원을 빌었다.

여섯

며칠 뒤에 윌리비 선생님이 이모에게 전화를 해서 내 태도에 문제가 있다는 걸 알렸다. 그날 학교에서 윌리비 선생님이 내게 '파이 3분의 2조각이 있는데 절반을 언니에게 주고 싶으면 전체의 몇 분의 1을 주는 거냐'고 물었다. 나는 언니에게 파이를 주지 않을 거라고 대답했다. 다들 웃었는데 윌리비 선생님은 웃지 않았다. 선생님은 벌게진 얼굴로 입술을 굳게 다물었고 눈을 단춧구멍만 하게 뜨고 나를 쳐다보았다.

그날 오후에 선생님이 이모에게 전화했을 때 나는 이모부의 안락의자에 널브러져서 텔레비전을 보고 있었다. 뚱뚱한 주황색 고양이 플로라가 내 무릎 위에 웅크리고 앉아 있었다.

이모가 "그래요?"나 "어머나"라고 말하는 소리가 들렸다. 하지만 곧 이모가 언성을 낮추었기 때문에 부엌 문 사이로 흘러나오는 몇 마디만 드문드문 알아들을 수 있었다.

"…괴로운 시기를…"

"…가족들이 보고 싶어서…"

"…힘이 들다 보니…"

잠시 후에 이모는 전화를 끊고 거실로 돌아와서 계속 텔레비전을 보고 있는 내 옆 소파에 앉았다.

"월리비 선생님 전화였어."

이모가 말했다. 텔레비전에서는 어떤 남자가 따발총처럼 말을 쏟아내며 초콜릿 시럽을 바닥에 뿌리고는 기적의 걸레로 닦고 있었다.

"네가 요즘 학교에서 조금 버릇이 없다고 하시더라."

이모가 말했다. 이제 텔레비전 속의 남자는 기적의 걸레를 사면 사은품으로 주는 칼 세트를 보여주고 있었다.

이모는 우리 가족이 이런 식으로 망가져서 내가 얼마나 속상할지 안다고 말을 이었다. 뭐, '망가졌다'는 단어를 쓰지는 않았지만 그렇게 얘기한 거나 다름없었다. 이모는 엄마의 그런 모습을 보는 게 얼마나 무서울지 안다고 했다. 쌈닭이 얼마나 걱정될지 안다고 했다. 언니가 얼마나 보고 싶을지 안다고 했다.

나는 텔레비전 속 걸레질하는 남자에게 시선을 고정한 채 속으로 중얼거렸다. **파인애플. 파인애플. 파인애플.** 하지만 하워드가 가르쳐준 한심한 방법은 효과가 하나도 없었다. 정신을 차리고 보니 나는 이모에게 고함을 지르고 있었다. 이모 일에나 신경 쓰라고, 완전히 끝장난 같잖은 우리 가족한테 누가 관심이나 있는 줄 아느냐고 험한 말을 퍼부었다. 어쨌거나 나는 관심 없었다. 내 말은 점점 빨라졌고 목소리는 갈수록 커졌다. 나는 콜비도 싫고 학교의 촌닭들도 싫고 산비탈에 매달려 있는 이 낡고 추잡한 집도 싫고 내 방에 있는 피클용 유리병들도 싫고 신데렐라 베갯잇은 더더욱 싫다고 했다.

그런 다음 방충망이 달린 문을 쾅 소리 나게 닫으며 밖으로 나갔다. 심장을 찔린 듯한 표정으로 소파에 앉아 있을 이모의 얼굴을 떠올리지 않으려고 애를 썼다.

내가 씩씩대며 마당을 가로질러 큰길과 연결된 집 앞 진입로를 걷자 고양이 몇 마리가 펄쩍 뛰며 나를 피했다. 나는 흙을 발로 차고 이파리를 뽑고 숲속으로 돌을 던졌다. 큰길에 다다랐을 때는 맨발에 닿는 아스팔트가 데일 듯이 뜨거운데도 아랑곳하지 않았다. 내 안에서 소용돌이치는 분노 때문에 귀가 웅웅거리고 속이 울렁거렸다. 하지만 잠시 후에 정신을 차리고 보니 내가 길가의 흙바닥에 주저앉아서 숨을 쉬기도 힘들 정도로 꺼이 꺼이 울고 있었다.

나는 어디가 잘못된 걸까? 이모에게 왜 그렇게 심한 말을 했을까? 학교에서는 왜 그렇게 밉살맞게 구는 걸까? 그렇게 자기 연민 속에 뒹굴며 앉아 있는데 누군가가 말을 걸었다.

"왜 그래, 찰리?"

고개를 들어보니 하워드가 자전거를 잡고 내 앞에 서 있었다.

나는 무릎에 고개를 묻고 중얼거렸다.

"아무것도 아니야."

"무슨 일이 있는 것 같은데."

하워드가 말했다.

"가."

"싫어."

하워드는 길가의 잡초 위에 자전거를 눕히고 내 옆으로 와서 앉았다.

"왜 그러는지 얘기해봐."

이 아이는 특이했다. 위아래로 절뚝거리는 빨간 머리치고는 배짱이 두둑했다.

"내가 꼭 너한테 얘기해야 하는 건 아니잖아."

내가 말했다.

"그럼 다른 사람한테라도 얘기해."

하워드는 안경을 추켜올렸다.

"왜?"

"우리 엄마가 그러는데 고민이 있으면 절대 혼자서 끙끙대지 말래. 다른 사람이랑 나누면 작아진다고."

"가."

내가 말했다.

"또 누구 발로 찼어?"

나는 고개를 저었다.

"연필로 찔렀어?"

"아니라고!"

나는 소리를 질렀다.

"우리 엄마가 천에다가 수를 놓아서 만든 액자가 있는데 거기 뭐라고 적혀 있는지 알아? '우리의 모든 고민을 빨랫줄에 널면 그 속에서 당신은 당신의 고민을, 나는 나의 고민을 찾을 수 있을 것이다.'"

나는 고개를 들고 하워드를 빤히 쳐다보았다.

"그게 무슨 소리야?"

"사람들은 누구나 고민거리가 있고 너보다 심각한 고민거리를 가진 사람도 있다는 얘기야."

하워드는 풀을 뜯어서 길 위로 던졌다.

"대충 그런 뜻이지."

그러고는 덧붙였다.

하! 듣던 중 기발한 말장난이었다. 나보다 심각한 고민거리가 있는 사람이 과연 있을까 싶었다. 그런데 미간을 찌푸리고 진심으로 걱정하는 표정을 짓고 있는 하워드를 보자 나도 모르는 새 이야기가 술술 흘러나왔다. 나는 쌈닭이 감옥에 가서 싫다고 했다. 예전에 쌈닭과 둘이서 포커를 치고 텔레비전 퀴즈 프로그램을 보고 아침으로 치즈를 넣은 마카로니를 먹던 시절이 그립다고 했다. 내가 학교는 빠지지 않고 가는지, 갈아입을 옷은 있는지 신경 쓰지도 않고 어두컴컴한 방 안에서 베개에 얼굴을 묻고 우는 엄마를 봤을 때 얼마나 무서웠는지도 얘기했다. 엄마와 쌈닭이 하루 종일 서로 고함을 지르며 싸우면 나와 언니는 그 소리가 들리지 않도록 라디오를 크게 틀어놓고 언니의 침대에 앉아 있었다는 얘기도 했다. 쌈닭은 타이어 긁히는 소리와 함께 자갈을 사방으로 튀겨가며 차를 몰고 떠났고 엄마는 현관문 앞에서 '쓰레기가 제 발로 나가줘서 속이 다 시원하다'고 고래고래 소리를 지르는 걸 내 방 창문 너머로 몇 번을 봤는지 모른다는 얘기도 했다. 라디오에서 나오는 거의 모든 노래의 가사를 알았고 내 머리를 하나로 땋아주고 매니큐어를 같이 쓰게 해주었던 언니가 보고 싶다는 얘기도 했다. 그리고 이모에게 퍼부었던 못된 말들도 전했다.

내 이야기가 끝나자 고요하고 부드러운 정적이 베일처럼 우리를 덮었다. 해는 져서 저 멀리 보이는 산마루 위로 낮게 걸렸고 공기는 쌀쌀해졌다.

처음에 나는 하워드가 내 얘기를 듣고 무슨 말을 하면 좋을지 몰라서 당황스러운가 보다고 생각했다. 그런 식으로 고민거리를 털어놓지 말걸 그랬다는 후회가 들기 시작했다. 하지만 하워드는 나를 똑바로 쳐다보며 물었다.

"내 충고를 듣고 싶어?"

"음. 그래, 뭐."

"쌈닭이나 롤리에 있는 사람들은 네가 어쩔 방법이 없어."

하워드가 말했다.

"네가 고칠 수 있는 부분은 이모에게 한 행동뿐이야."

하워드의 말이 맞는 것 같았다. 엉망진창인 우리 가족은 내가 고칠 수 없지만 이모하고 있었던 일은 해결할 수 있었다. 나는 일어나서 반바지 엉덩이에 묻은 흙을 털었다. 그런데 그때 내 눈을 의심할 만한 일이 벌어졌다. 귀가 축 늘어지고 갈색과 검은색이 섞인 그 개가 숲 근처에 있었던 것이다.

나는 입술에 손가락을 갖다 댔다.

"쉬이이잇."

개는 고개를 갸우뚱하게 기울이고 나를 쳐다보았다.

"움직이지 마."

나는 하워드에게 속삭이고 개에게로 천천히 한 발짝 다가갔다. 그러자 녀석이 꼬리를 흔들었다! 살짝 두 번 흔들었다. 내가 마음에 들었던 것이다.

"친구야, 안녕."

나는 이렇게 말하면서 한 발짝 더 다가갔다.

바로 그 순간 아뿔싸, 자동차 한 대가 요란한 소리를 내며 우리 앞을 지나갔고 그 바람에 개는 숲속으로 쏜살같이 달아나버렸다.

나는 발을 굴렀다.

"에이!"

옆에 있다는 걸 거의 잊고 있었는데 하워드가 말했다.

"나도 그 개 본 적 있어."

"내 개야."

내가 말했다.

"진짜?"

"뭐, 앞으로 그렇게 될 거야."

"분명 진드기가 우글거릴 텐데."

하워드가 말했다.

"옴도 있을지 모르고. 떠돌이 개들은 옴이 있거든."

"그게 뭐 어때서?"

내가 말했다.

"쟤 이름은 위시본(닭의 목과 가슴 사이에 있는 V자 모양의 뼈. 이것의 양 끝을 두 사람이 잡고 서로 잡아당겨 긴 쪽을 갖게 된 사람이 소원을 빌면 이루어진다고 해서 '소원 뼈'라는 뜻을 가진 이런 이름이 붙었다 - 옮긴이)이야."

말해놓고 보니 딱 맞는 이름인 것 같았다. 위시본. 내 반려견에게 완벽한 이름이었다.

"내가 잡을 거야."

내가 말했다.

"그런 다음 목욕을 시키고 진드기를 없애고 재주를 가르치고 내 침대에서 같이 잘 거야."

"나도 잡는 거 도와줄게."

하워드가 잡초에 눕혀놓은 자전거를 일으켜 세우며 말했다.

"진짜?"

"응."

갑자기 하워드가 달라 보였다. 이제는 내 책가방 짝꿍이라며 미치도록 나를 괴롭히는, 위아래로 절뚝거리는 참견 대장으로 보이지 않았다. 나에게 잘해주려는 아이, 내 고민거리를 아는 친구로 보였다.

나는 자전거를 타고 자기 집으로 가는 하워드를 바라보았다. 그런 다음 "안녕, 위시본"이라고 숲을 향해 외친 뒤 이모와의 일을 해결하기 위해 얼른 발걸음을 옮겼다.

일곱

내가 집에 도착했을 무렵 날은 거의 어두워져 있었다. 이모부의 털털거리는 고물 차가 진입로에 세워져 있었고 스파게티 소스 냄새가 방충망이 달린 문 틈새로 흘러나왔다.

마당을 가로질러서 집 쪽으로 걸어가는데 콘크리트 벽돌이라도 달린 것처럼 발이 무거웠다. 그냥 내 방으로 들어가서 오늘 일은 없었던 것처럼 시치미를 떼고 싶은 마음이 굴뚝같았다.

하지만 나는 그러지 않았다.

콘크리트 벽돌을 한 발짝씩 옮겨서, 이모와 이모부가 산을 감상하며 앉아 있는 뒤 베란다로 다가갔다.

"저 왔어요."

나는 칭얼대는 갓난애 같은 목소리로 말했다. 시선은 낙엽으로 덮인 베란다 바닥을 떠날 줄 몰랐다.

"왔니?"

이모부가 말했다.

차마 이모를 쳐다볼 수 없었지만 이모의 침묵이 나를 사정없이 강타했다. 나는 의자에 앉아서 희미해져가는 팔뚝의 하트와 별 그림을 뚫어져라 바라보았다. 숲속 어디에선가 황소개구리가 굵직하게 울어대는 소리가 서늘한 저녁 공기를 뚫고 울려 퍼졌다.

나는 속으로 셋까지 센 다음 말했다.

"죄송해요, 이모."

그런 다음 절대로 그러지 말자고 다짐했던 짓을 저지르고 말았다.

울어버린 것이다.

그런데 정말이지 아무리 애를 써도 멈출 수가 없었다.

그보다 더 최악은 이모에게 하려고 속으로 연습했던 말을 하나도 하지 못했다는 것이다. 소리를 지를 생각은 없었다고. 나는 페가수스자리가 베란다 위에서 반짝이는 산비탈의 이 집을 싫어하지 않는다고. 피클용 유리병들은 사실 아무렇지 않다고. 그리고 나는 신데렐라를 정말 좋아한다고, 누군들 안 그렇겠느냐고.

하지만 우는 것 말고는 아무것도 할 수가 없었다. 잠시 후에 이모가 내 앞에 무릎을 꿇고 사인펜으로 얼룩진 내 팔에 자신의 따뜻한 손을 얹었다.

"너는 이 집의 축복이야, 찰리."

이모가 말했다.

축복이라고?

이모는 나더러 못됐고 밉살맞고 바보 같고 한심하다고 해도 시원치 않을 판에 축복이라고 했다.

이윽고 이모부가 일어나서 이모부다운 말을 했다.

"저녁 먹기 전에 블랙베리 파이나 좀 먹을까?"

그래서 우리는 그렇게 했다.

반짝이는 별들이 수를 놓기 시작한 노스캐롤라이나의 하늘을 머리에 이고 베란다에 앉아서 식전에 블랙베리 파이를 먹었다. 이모가 자신의 친구 래신이 그날 오후에 후진을 하다가 우체국 깃대를 들이받아놓고 아무 일도 없었다는 듯이 줄행랑을 놓은 일에 대해 얘기하는 동안 베란다 위로 드리워져 있던 참나무 가지에서 도토리 한 알이 내 발 앞으로 떨어졌다.

내가 벌떡 일어나서 도토리를 집는 바람에 파이 접시가 엎어질 뻔했다. 하마터면 소원을 빌지 못하고 그날을 공칠 뻔했는데 하늘에서 내린 선물처럼 도토리가 내 앞에 떨어진 것이다. 나는 망설이다가 그대로 강행했다. 그 도토리를 꼭 쥐고 세 바퀴를 돈 다음 소원을 빌었다.

그런 후에 내 방으로 들어가서 창틀에 도토리를 얹었다. 소원이 더 강력해지도록 사흘 동안 거기에 둘 작정이었다. 롤리에서 걸스카우트 대장이 도토리 소원은 그렇게 빌면 된다고 했는데 걸스카우트 대장은 정직하니 거짓말일 리 없었다.

우리는 저녁을 먹고 나서 블랙베리 파이를 또 먹었다. 이모부는 스프링클러가 제대로 꺼졌는지 확인하러 텃밭에 나갔고 이모는 이렇게 말했다.

"여기서 기다려보렴, 찰리. 너한테 보여줄 게 있어."

이모는 자기 방으로 들어가더니 너덜너덜한 신발 상자를 들고 나왔다. 이모가 상자의 뚜껑을 열면서 말했다.

"짜잔."

나는 그 안을 들여다보았다. 사진들이 들어 있었다.

이모는 그것을 이리저리 뒤지다가 사진 한 장을 꺼내 가만히 보면서 미소를 짓다가 나에게 건넸다

"너희 엄마하고 나야."

이모는 뒤에 적힌 글씨를 가리키며 말했다. 큼지막한 글자로 '버서와 칼라'라고 적혀 있었다.

나는 그 빛바랜 사진을 건네받았다.

어린 여자아이 둘이 서로 팔짱을 끼고 자동차 보닛 위에 앉아 있었다.

"어느 쪽이 엄마예요?"

이모는 키가 작은 쪽을 가리켰다. 나는 실눈을 뜨고 사진 속 여자아이를 들여다보았다. 앞니가 두 개 빠졌고 팔꿈치에 밴드를 붙이고 있었다.

나는 그 여자애한테서 눈을 뗄 수가 없었다. 그 애가 차에서 내려와 원을 그리며 깡충깡충 뛰는 모습이 그려졌다. 언니 버서와 함께 아빠의 차 뒷자리에 앉아 노래를 부르는 모습이 그려졌다. 우스갯소리를 늘어놓고, 롤러스케이트를 타고, 저녁이면 베란다에서 아이스크림을 먹는 모습이 그려졌다.

앞니가 빠진 이 꼬마 숙녀가 대체 언제, 어느 시점에 롤리의 어두컴컴한 방에서 우울해하는 그 여자로 변해버린 걸까?

"두 분, 서로 사이가 좋았어요?"

나는 이모에게 물었다.

"물론이지."

이모는 사진을 몇 장 더 보여주었다. 크리스마스트리 옆에서 선물을 풀어보는 엄마. 눈밭에서 강아지와 함께 노는 두 사람. 엄마를 끌차에 태우고 흙길을 걷는 이모.

"그런데 왜 이제는 안 만나요?"

내가 물었다.

이모는 한숨을 쉬며 고개를 저었다.

"어른이 됐잖니."

이모가 말했다.

"어른이 되면 가끔 사는 게 복잡해질 때도 있거든."

별로 훌륭한 대답은 아니었지만 들을 수 있는 대답이 그게 전부라는 걸 알 수 있었기에 나는 "아"라고 했다.

텃밭에 나갔던 이모부가 들어오자 우리는 다같이 베란다로 나갔다. 두 사람은 손을 잡았고 이모는 14번 고속도로에 트럭을 세워놓고 곰팡이 핀 딸기를 팔던 어떤 할아버지 이야기를 들려주었다. 그러고는 이렇게 말했다.

"목소리 듣고 싶으면 내일 언니한테 전화해도 돼, 찰리."

"아니에요, 괜찮아요."

내가 말했다.

하도 고요해서 이모의 숨소리까지 들릴 정도였다. 나를 보는 이모의 시선이 느껴졌지만 나는 나무 꼭대기만 쳐다보았다.

"찰리."

이모가 말했다.

"재키한테 화내지 마."

"화 안 났어요."

내가 대답했다. 하지만 그건 우리 머리 위에 드리워진 먹구름과도 같은 거짓말이었다.

사실 나는 언니에게 화가 났다. 언니의 빨랫줄에는 아무런 고민거리도 널려 있지 않고 나에 대해서 조금도 신경 쓰지 않는 것 같았다.

우리는 서늘한 저녁 공기를 마시고 베란다 밑에서 우는 귀뚜라미 소리를 들으며 아무 말 없이 앉아 있었다.

그날 밤 침대에 누웠을 때 나는 어둠 속에서 다른 누군가의 고민거리들로 가득한 빨랫줄을 그려보았다. 내 것보다 가벼운 고민거리들이 더 많을 게 분명했다. 나는 남들에게 어떤 고민이 있을지 상상해보았다. 아픈 치아와 망친 수학 시험. 잃어버린 고양이와 보기 싫은 헤어스타일. 남자친구를 두고 바람을 피운 일과 고장 난 자동차. 하지만 벽돌이 가득 든 자루마냥 그 빨랫줄을 축 처지게 만들 내 고민에 비하면 아무것도 아니었다.

나는 까치발을 하고 창가로 다가가서 별똥별이 떨어지면 소원을 빌 수 있을 거라는 생각을 하며 밤하늘을 올려다보았다. 산 너머로 솟은 밝은 달이 마당 위로 환한 빛을 비추자 층층나무 사이로 구불구불하게, 텃밭 울타리를 따라서 그림자가 드리워졌다.

분명 위시본이 저기 어딘가에 혼자 있을 것이다. 녀석이 뭘 하고 있을지 궁금했다. 어느 집 쓰레기통에서 건진 곰팡내 나는 빵을 먹고 있을까? 달빛을 쪼이며 도로를 따라서 터벅터벅 걷고 있을까? 어느 집 현관에서 자고 있을까?

나는 위시본이 계속 떠돌이로 지내고 싶어 할 거라는 이모부의 짐작이 틀렸길 바랐다. 그때 문득, 그날 녀석이 나를 보고 어떤 식으로 꼬리를 흔들었는지 기억이 났다. 녀석은 나를 마음에 들어 했다. 장담할 수 있었다. 내 개가 돼서 더 이상 떠돌아다닐 필요가 없게 되면 나를 사랑하게 될 것이다.

나는 기도하듯 손깍지를 끼고 어둠에 대고 속삭였다.

"제발 돌아와줘, 위시본."

여덟

토요일에 하워드가 위시본 찾는 걸 도와주겠다고 했지만 나는 먼저 이모와 쇼핑을 하러 가야 했다.

"애슈빌이 얼마 만인지 모르겠네."

이모는 이모부의 낡은 차 운전석에 앉으며 이렇게 말했다. 천둥 같은 소리와 함께 시동이 걸리자 배기관에서 흘러나온 시커먼 연기가 마당 위로 둥둥 떠다녔다.

산길을 구불구불 내려가 고속도로를 타는 동안 이모는 쉴 새 없이 재잘거렸다. 이모부와 함께 캠핑을 갔을 때 새끼곰이 아이스박스를 열고 핫도그를 훔쳐간 얘기를 했다.

"믿어지니?"

이모가 말했다.

"핫도그를 먹는 곰이라니!"

이모는 뱀을 끔찍하게 싫어한다며, 예전에 한번 갈색의 조그만 가터뱀이 집 안에 들어왔을 때는 이모부가 '그 뱀 나갔다'고 성경책에 대고 맹세할 때까지 거의 일주일 동안 친구 조넬의 집으로 피신한 적도 있다고 했다.

그러고 나서는 아서 크루거라는 남자가 교회 소풍을 갔다가 술에 취해서 틀니를 잃어버린 사건을 얘기하면서 깔깔대고 웃었다.

"그 틀니가 어디서 발견될지 상상하고 싶지도 않더라."

이모는 눈물을 훔치며 말했다.

"나는 그 뒤로 감자샐러드를 더 이상 먹지 않았어. 진짜야."

그때 마침내 말허리를 잘라야겠다는 생각이 들었고, 나는 곧바로 실천에 옮겼다.

"이모랑 엄마는 어땠어요?"

내가 물었다.

"어땠냐니, 뭐가?"

"두 분 이야기를 듣고 싶어서요."

"아, 음. 글쎄, 어디 보자…."

나는 이모의 얼굴을 쳐다보며 기다렸다. 이모가 딱 알맞은 에

피소드를 찾을 때까지 기다렸다.

"내가 열 살 때 있었던 일이야."

이모가 말했다.

"그러니까 어디 보자, 칼라는 일곱 살이었겠구나. 둘이서 여름 내내 끈 팔찌를 만들었거든. 팔아서 삼촌한테 받은 수족관에 넣을 물고기를 사려고."

끈 팔찌?

엄마가 나한테는 끈 팔찌 만드는 법을 왜 가르쳐주지 않았는지 궁금해졌다.

이모는 말을 이었다.

"그런데 우리 앞집에 살았던 못된 남자애가 우리 집 앞마당에서 기르던 히커리 나무에 팔찌들을 던져버렸지. 들고 내려올 수 없을 만큼 높은 나뭇가지에다."

이모는 고개를 저었다.

"정말 못되지 않았니?"

"그래서 어떻게 하셨어요?"

"내가 이 이야기를 꺼낸 이유가 그 때문이야. 왜냐하면 칼라가 워낙 그 애다운 반응을 보였거든."

이모가 말했다.

"그 남자애한테 쿵쿵쿵 다가가서 손을 물었는데 어찌나 세게 물었는지 그 애가 큼지막한 식칼에 손이 잘리기라도 한 것처럼 소리를 질렀단다. 그러더니 울면서 자기 집으로 도망쳤고 칼라는 그 등 뒤에다 대고 고래고래 욕을 퍼부었지."

이모는 빙그레 웃었다.

"성질이 불같은 아가씨였다니까."

성질이 불같았다고?

어쩌면 내 불같은 성격은 쌈닭에게 물려받은 게 아닐지 몰랐다. 엄마한테서 물려받았을 수도 있다.

나는 망설이다가 용기를 냈다.

"그런데 어쩌다 서로 안 만나게 됐어요?"

이번에는 지난번보다 더 그럴듯한 대답을 들을 수 있길 바라며 이렇게 물었다.

이모는 눈앞에 펼쳐진 길을 물끄러미 바라보았다.

"글쎄. 뭐, 십대 시절에는 이런저런 일들로 정신없었지. 그러다 칼라가 고등학교를 중퇴하고 롤리로 쌩하니 떠나버렸어."

"그럼 왜 지금은 서로 안 만나는 거예요?"

이모는 입술을 꾹 다물고 곁눈으로 나를 흘끔거렸다.

"이야기가 좀 복잡해, 찰리."

또 그 소리였다. 역시 그다지 설득력 없는 대답이었다.

우리는 애슈빌에 도착할 때까지 아무 말 없이 달렸다. 쇼핑몰에 들어서자 나는 언니 생각을 하지 않으려야 하지 않을 수가 없었다. 언니와 나는 이 가게, 저 가게 옮겨 다니며 절대 살 수 없는 크롭톱과 미니스커트를 입어보면서 하루 종일 쇼핑몰에서 시간을 보내곤 했다. 귀를 뚫으면 살 귀걸이도 골랐다. 화장품 코너에서 향수 샘플을 서로 뿌려주기도 했다.

"시어스에 가서 교회 갈 때 입을 만한 원피스를 사자."

이모가 말했다.

우리는 오전 내내 쇼핑을 했고 귀갓길에 올랐을 때 나에게는 원피스 두 벌과 연보라색 카디건이 생겼다. 이모는 두 벌의 원피스 중 한 벌은 교회에 입고 다니기에 너무 짧을지 모르겠다고 생각했지만 그래도 샀다.

집에 도착해보니 하워드가 텃밭 옆 정원용 의자에 앉아서 울타리를 고치는 이모부를 구경하고 있었다.

"안녕!"

이모가 외쳤다. 하워드가 위아래로 절뚝거리며 다가오는 동안 나는 뒷자리에서 쇼핑백을 꺼냈다.

"안녕하세요."

하워드가 이모에게 인사했다. 그런 다음 나를 보며 말했다.

"내가 지도를 그렸어."

"뭐하러?"

"위시본 찾을 때 쓰려고."

하워드는 주머니에서 접힌 종이를 꺼내 나에게 보여주었다.

"찾아본 데를 표시하면 지나간 경로를 파악하는 데 도움이 될 것 같아서."

나는 어깨를 으쓱했다.

"그래."

이모가 쇼핑백을 향해 손을 내밀었다.

"이건 내가 들고 들어갈게."

이모가 말했다. 하워드와 나는 뒤엉킨 관목 사이를 살피고 어두컴컴한 숲속을 들여다보면서 큰길을 향해 출발했다. 하워드는 어제 우리가 녀석을 만났던 그 길을 둘러보아야 한다고 주장했다.

"거기서 어슬렁거릴 때가 많을 거야."

하워드가 말했다.

"그럴 수도 있겠다."

나는 키가 큰 잡초를 손으로 헤치고 길가를 따라 나 있는 얕은 하수구를 폴짝 뛰어넘었다.

"하지만 이모부 말로는 어디든 갈 수 있다고 했어."

우리는 쓰러진 나무를 넘고 가시가 달린 덩굴을 헤치며 찾고 또 찾았다. 금세 덥고 기운이 다했지만 위시본은 코빼기도 보이지 않았다. 그래서 하워드가 꺼낸 지도에 몽당연필로 지금까지 찾은 장소를 표시하고 그만 해산하기로 했다.

이튿날 나는 새로 산 원피스를 입고 당당하게 주일학교 교실로 들어가서 오드리 바로 옆자리에 앉았다. 내가 "안녕" 하고 인사했지만 오드리는 나를 투명인간 취급했다. 나도 같은 교회 식구라는 걸 잊어버린 모양이었다.

오늘도 성서 수사관 게임을 거쳐야 했고 역시나 하워드의 성서 동전이 더 늘어났다. 어쩌면 그렇게 성서에 대해 아는 게 많은지 적응이 되지 않을 정도였다.

모세의 형 이름은 무엇일까요?

까마귀들은 엘리야에게 하루에 몇 번이나 음식을 가져다주었을까요?

오드리는 팔찌를 쨍그랑거려가며 거의 하워드만큼 자주 손을 들었다.

"저요! 저요!"

게임이 끝나자 매키 선생님은 친교실 게시판을 '축복의 정원'으로 꾸밀 거라고 했다.

"꽃밭을 만들어서 우리에게 주어진 축복이 얼마나 많은지 알아볼 거예요."

선생님이 말했다. 판지로 꽃을 만들어서 우리에게 주어진 축복을 하나씩 적을 거라고 했다.

나는 그게 무슨 소리인지 알 수 없었지만 다른 아이들을 따라서 색종이와 풀과 가위를 받았다. 그런 다음 다른 아이가 하는 걸 보고 따라할 수 있도록 늑장을 부렸다. 아니나 다를까, 오드리가 노란색의 큼지막한 데이지를 맨 처음으로 완성했다. 파란색 크레용으로 한 꽃잎 위에 '우리 가족'이라고 적었다.

내 뱃속이 뒤틀리고 얼굴이 화끈거렸다. 나는 떨리는 내 손을 아무도 볼 수 없도록 무릎 위에 올려놓았다.

내 앞 테이블에 놓인 그 노란색 데이지를 보면 여기는 내가 있을 곳이 아님을 알 수 있었다. 새 원피스를 입고 이렇게 교회에 나와 있어도 나에게 주어진 축복은 하나도 없었다.

"저 잠깐 나갔다 올게요."

나는 매키 선생님에게 말하고는 선생님의 대답을 기다리지도 않고 곧바로 교실을 뛰쳐나와서 주차장으로 나갔다.

그런데 신세 한탄을 아직 시작하지도 않았을 때 좋은 일이 생겼다. 빨간 새를 본 것이다. 밝은 빨간색의 커다란 홍관조가 맞은편 전화 선로에 앉아 있었다. 나는 눈을 감고 침을 세 번 뱉은 다음 소원을 빌었다.

아홉

"내일 학교 끝나면 우리 집으로 와."

이튿날 아침, 버스에서 하워드가 말했다.

"내가 계획을 세웠어."

"무슨 계획?"

내가 물었다.

"그 개를 잡을 계획."

"위시본이야."

내가 말했다.

"그 개 이름은 위시본이라고."

하워드는 버스에 들고 탄 토스트를 한 입 먹었다.

"아무튼."

하워드가 말했다.

"지도보다 더 그럴듯한 계획이 필요해."

"도대체 이해가 안…."

나는 순간 똑바로 일어나 앉으며 하워드의 무릎을 잡았다.

"움직이지 마."

하워드의 눈이 왕방울만 해졌다.

"왜 그래?"

"안경 벗어."

내가 말했다.

"아주 천천히."

"왜?"

"시키는 대로 해."

나는 의도했던 것보다 좀 더 큰 목소리로 쏘아붙였다. 하워드
는 안경을 벗더니 실눈을 뜨고 나를 쳐다보았다.

"거기 속눈썹이 붙어 있어."

나는 두툼한 렌즈 한쪽을 가리키며 말했다.

"그거 나 주라."

"왜?"

"소원을 빌려고."

"소원?"

"속눈썹을 불면서 소원을 빌면 이루어진대."

나는 안경을 받아서 손가락 끝으로 렌즈를 꾹 눌렀다. 그런 다음 하워드가 볼 수 있도록 조그맣고 불그스름한 속눈썹을 들어 보였다.

"보이지?"

내가 눈을 감고 소원을 빈 다음 속눈썹을 허공으로 불어서 날리자 속눈썹은 어디론가 사라졌다. 아마 먼지 덩어리와 씹던 껌과 발로 뭉갠 받아쓰기 시험지가 나뒹구는 버스 바닥으로 떨어졌을 것이다.

"무슨 소원 빌었어?"

하워드가 물었다.

"말하면 안 돼."

내가 말했다.

"왜?"

나는 의자 등받이에 털썩 몸을 기대며 눈을 부라렸다.

"으이구, 하워드."

"응?"

나는 무슨 소원을 빌었는지 얘기하면 이루어지지 않는다고 설명했다.

"그건 누구라도 아는 거잖아."

하워드는 티셔츠 자락으로 안경을 닦아서 다시 썼다.

"나는 4학년 때부터 지금까지 하루도 빠짐없이 소원을 빌고 있어."

내가 말했다.

하워드는 눈을 휘둥그레 뜨고 나를 쳐다보았다.

"소원이 엄청 많은가 보다."

나는 고개를 저었다.

"아냐, 딱 하나야. 계속 같은 소원을 빌고 있어. 매번."

나는 그 말을 내뱉은 순간 바로 후회했다. 하워드가 뭐라고 할지 알 수 있었던 것이다. 아니나 다를까, 내 예상은 그대로 맞아떨어졌다.

"매번 똑같은 소원을 계속 빌고 있다면 이루어지지 않을 모양이네."

하워드가 말했다.

"그런데 뭐하러 계속 빌어? 내가 보기에는 좀 바보 같은 짓처럼 느껴지는데."

내 얼굴이 벌게지면서 익숙한 분노가 뱃속에서 끓어오르기 시작하는 게 느껴졌다.

"언젠가는 이루어질 테니까 그러지!"

내가 소리를 지르자 아이들이 떼거리로 나를 돌아보았다.

하워드는 안경 너머로 나를 쳐다보며 말했다.

"파인애플."

나는 하워드의 가방을 발로 차서 버스 통로로 날려 보냈다. 솔직히 고백하자면 몇몇 아이들이 그걸 보고 웃음을 터뜨리자 잠깐 후회가 되기도 했다. 그런데 하워드는 가방을 집어서 먼지를 털고 이렇게 얘기할 따름이었다.

"파인애플, 찰리. 기억 안 나?"

나는 그날 오전 내내 부글거리는 속을 달래며 기회가 있을 때마다 하워드를 째려보거나 세게 밀쳐서 연필깎이가 있는 쪽으로 쓰러뜨렸다. 소원 얘기는 꺼내지 말았어야 했다. 아무한테도 얘기하지 말았어야 하는데 얘기를 하고 보니 정말이지 바보 같은 짓처럼 느껴졌다. 이루어지지도 않을 거라면 똑같은 소원을 날마다 빌 필요가 뭐가 있을까? 어쩌면 이쯤에서 그만두어야 할지도 모를 일이었다.

하지만 이게 웬일인가. 시계가 11시 11분을 가리키고 있었다! 나는 얼른 눈을 감고 소원을 빌었다.

학교에서 집으로 돌아왔을 무렵에는 하워드에게 화가 났던 마음이 모두 가라앉았고 그 애에게 위시본을 잡을 계획이 있다니 기뻤다. 내가 다음 날 하워드네 집으로 놀러 간다고 하자 이모의 얼굴이 발그레해졌다. 이모는 다른 아이들은 못되게 구는데 내가 하워드와 친하게 지내서 착하다고 몇 번이나 같은 말을 반복했다.

"그 애들은 심지어 교회에서마저 못되게 굴지 뭐니."

이모가 말했다.

"믿어지니?"

나는 오드리 미첼과 이른바 같은 교회 식구라는 다른 아이들을 보면 그러고도 남는다는 말은 하지 않았다.

그날 오후에 하워드는 내 옆자리에 앉으며 말했다.

"레니 형 자전거를 빌려도 돼."

"뭐하러?"

"집에 갈 때. 걷는 것보다 낫잖아."

하워드는 으스러진 감자칩 봉지를 가방에서 꺼내 부스러기를 입안에 털어넣었다.

"진짜 끝내주는 계획이 있거든."

하워드가 말했다.

"그러니까 위시본을 잡을 계획 말이야."

어제 내가 가방을 발로 차고 그렇게 못되게 굴었는데도 당장 날 도와주고 싶어 하다니 하워드다웠다.

버스가 하워드네 집 앞에 멈추자 나는 하워드와 드와이트를 따라 잡초투성이 마당과 금방이라도 무너질 것 같은 계단과 지저분한 현관을 지나 허름해 보이는 집으로 들어갔다. 안에 들어서자 어디부터 쳐다보면 좋을지 알 수가 없었다. 거실 탁자 위에는 햄스터 우리가 있었다. 한쪽 구석에는 드럼 세트가 있었다. 벽에는 책과 잡지 더미들이 줄줄이 쌓여 있었다. 창가의 녹이 슨 양동이에는 뭔지 모를 나무가 심겨져 있었다. 바닥에는 팝콘 알갱이와 프레첼 부스러기가 담긴 플라스틱 그릇과 담요, 베개, 신발, 보드게임이 여기저기 흩뿌려져 있었다.

벽에는 크레용으로 판지에 그린 그림, 금색 별 스티커 위로 '잘했어요!'라고 적힌 시험지들이 덕지덕지 붙어 있었다. 아래 부분이 낙서로 가득한 걸 보면 오덤 부인이 하워드의 동생 코튼에게 가르쳐준 '순무' 주문이 별 효과가 없는 듯했다.

하워드는 베개와 기타 등등을 건너뛰며 부엌으로 따라오라고 손짓했다.

"엄마. 찰리 왔어요."

하워드의 목소리에 오덤 부인이 싱크대에서 고개를 돌리며 환한 미소를 지었다.

"어머나!"

오덤 부인은 앞치마에 손을 닦더니 내 어깨를 한쪽 팔로 감싸고 살짝 눌렀다.

"네가 학교에서 하워드의 책가방 짝꿍이라고 들었어. 그리고 그 위시본이라는 개 이야기도 들었고."

그러면서 오덤 부인은 이모, 이모부가 나와 함께 여기 콜비에서 지낼 수 있게 돼서 얼마나 기뻐하는지 모른다며 블루리지 산이야말로 지상낙원 아니냐고 물었다. 그러고는 상점에서 사왔다는 분홍색과 보라색 꽃이 달린 케이크를 식탁에 내놓으며 먹으라고 했다. 그 순간 그 조그만 부엌이 순식간에 서로 밀치고 찌르며 케이크를 집어먹는 남자아이들로 가득 찼다. 오덤 형제들은 접시나 포크나 뭐 그런 걸 전혀 쓰지 않았다. 그 자리에서 손으로 케이크를 집어 부스러기를 떨어뜨려가며 먹는데 오덤 부인은 아랑곳하지 않는 눈치였다.

첫째인 벌만 유일하게 까만 머리였다. 벌은 목소리가 크고 인상이 좋았고 입술 위로 거뭇거뭇하게 수염이 자라고 있었다. 둘째인 레니는 기름때가 잔뜩 묻은 티셔츠를 입고 있었다. 길고 뼈밖에 안 남은 주근깨투성이 팔로 계속 드와이트를 때리거나 팔꿈치로 벌을 찔렀다. 그 다음인 하워드와 드와이트는 한두 살 차이밖에 안 나서 쌍둥이로 보일 정도인데 하워드가 안경을 썼고 위아래로 절뚝이며 걷는다는 것만 달랐다. 막내인 코튼은 얼굴이 꾀죄죄하고 손가락은 끈적거렸다. 다리는 온통 긁힌 자국 아니면 멍 아니면 밴드투성이였다.

오덤 부인은 아이들 앞의 종이컵에 물을 따라주면서 한 명씩 차례대로 입을 맞추고 끌어안았다. 이모가 오덤 가족과 그들의 착한 마음씨에 대해서 한 말이 맞았다는 것은 바보가 아닌 이상 알 수 있었다. 이유는 모르겠지만 소음과 에너지가 넘쳐나고 착한 마음씨가 벽마다 묻어 있는 그곳에 있으려니 어쩐지 부끄럽고 어색했다.

같이 현관에 놓인 소파로 나가서 앉았을 때 하워드가 위시본을 어떻게 잡을 생각인지 알려주었다. 공책에 그 내용을 전부 적어놓고 심지어 색연필로 그림까지 그려놓았다.

"잘될까?"

내가 물었다.

"당연하지."

하워드는 공책을 덮고 가슴에 끌어안았다. 우리는 아무 말 없이 앉아서 레니와 코튼이 돌멩이를 가득 담은 플라스틱 양동이를 마당 옆쪽으로 끌고 가 담벼락 비슷한 뭔가를 조금씩 쌓는 것을 구경했다.

드와이트가 자전거를 타고 붉은 먼지 구름을 일으키며 마당을 빙빙 돌자 벌은 트럭 오일을 교환하는 중이라며 그만하라고 고함을 질렀다.

하워드와 나는 위시본을 찾아 나서기로 하고 남은 오후 내내 숲속을 뒤지고 길가를 오르락내리락하다가 결국에는 포기했다. 하워드네 집으로 돌아가자 오덤 부인이 다들 씻고 저녁 먹을 준비를 하라고 했다.

"저녁 먹고 가, 찰리."

오덤 부인이 말했다. 그러고는 내가 뭐라고 대꾸도 하기 전에 덧붙였다.

"내가 네 이모한테 전화해서 그래도 되는지 물어볼게. 오덤 아저씨가 목재를 싣고 샬럿에 갔으니까 그 자리에 앉으면 돼."

이렇게 해서 우리는 식탁에 둘러앉았고 어느 틈엔가 하워드가 내 오른손을, 드와이트가 내 왼손을 잡은 채로 다 같이 고개를 숙이고 벌이 감사 기도를 드렸다. 벌은 자기 앞에 놓인 데빌드 에그(완숙으로 삶은 달걀을 세로로 자르고 노른자를 빼낸 후 여러 재료들과 섞어서 속을 채운 요리 - 옮긴이)를 비롯해 태양 아래 있는 거의 모든 것에 감사를 드렸다.

그런 다음 다 같이 '아멘'이라고 하고 일주일 동안 굶은 사람처럼 모두가 음식을 향해 달려들었다.

오덤 부인은 폭찹을 더 가져오거나 우유를 더 따라주느라 계속 자리에서 일어났는데 아이들 옆을 지날 때마다 어깨를 토닥이거나 정수리에 입을 맞추지 않고는 못 배기는 눈치였다.

나는 하워드를 롤리의 우리 집에 데려가면 어떤 광경이 펼쳐

질지 그림을 그려보았다. 그 집은 어마어마하게 고요하고 컴컴할 것이다. 벽에는 내 시험지가 붙어 있지 않을 테고 엄마는 내 정수리에 입을 맞추지 않을 것이다. 분홍색과 보라색 꽃이 달린 케이크도 없을 것이다. 하워드와 놀다가 저녁을 먹더라도 텔레비전 앞에서 돼지고기 콩조림 아니면 감자칩 아니면 볼로냐 샌드위치를 먹을 테고 아무도 감사 기도를 드리지 않을 것이다.

집에 가야 할 시간이 되자 나는 오덤 부인에게 감사 인사를 전하고 레니의 자전거를 타고 집으로 향했다. 페달을 밟다 말고 고개를 돌려서 하워드네 집을 다시 흘끗 쳐다보았다. 스쿨버스를 타고 온 첫날, 그 집이 허름해 보인다고 생각했던 게 기억이 났다. 하지만 그 조그만 부엌에서 엄마에게 사랑을 듬뿍 받는 아이들을 떠올리자 그 집은 더 이상 허름해 보이지 않았다.

열

나는 집에 도착해 하워드가 어떤 식으로 위시본을 잡을 생각인지 이모와 이모부에게 설명했다.

"엄청 커다란 덫을 만들 거예요."

나는 두 팔을 벌려서 어느 정도 크기인지 보여주었다.

"하워드네 아빠가 일하는 작업장에서 철조망을 얻어서요."

이모부의 눈썹이 위로 솟구쳤다.

"덫을 만들 거란 말이지?"

나는 고개를 끄덕였다.

"뭐, 덫이라고 보면 돼요. 커다란 개장에 더 가깝긴 하지만. 그걸 텃밭 창고 옆 숲 주변에 놓고 나뭇가지랑 나뭇잎이랑 뭐 그런 걸 넣어서 잘 안 보이게 할 거예요."

나는 맛있는 미끼를 개장 안에 넣고 위시본이 그걸 먹으려고 들어가면 문을 닫을 작정이라고 부연 설명했다.

"그 녀석은 미트로프를 좋아해. 그리고 핫도그도. 그리고 볼로냐도."

이모가 말했다. 이모는 먹다 남은 생선 튀김 몇 조각을 고양이 두 마리에게 던져주었다.

"그런데 찬물을 끼얹고 싶지는 않다만 찰리, 그 개가 사람들을 좋아하지 않으면 어쩌려고? 물면 어떡하니? 무슨 병이라도 있으면 어떡해?"

"물지 않을 거예요. 저를 좋아하거든요."

나는 병과 관련된 부분은 어물쩍 넘어갔다.

"거스, 당신이 어릴 때 키웠던 개 이야기를 찰리한테 해줘."

이모는 이모부가 예전에 스키터라는 개를 키웠는데 토끼를 잡아서 이모부와 여동생이 가지고 놀 수 있게 집으로 물고 오곤 했었다고 이야기를 시작했다.

"그런데 어느 날 농작물을 실은 트럭 짐칸에 올라타는 바람에 헨더슨빌까지 갔다가 다음 날 아침에 집으로 찾아왔는데 온몸에 고슴도치 가시가 박혀있더래. 맞지, 거스?"

이모부는 고개를 끄덕였다.

"응."

"그리고 또 한 번은 말벌집을 판 적도 있었고. 그 개도 고양이처럼 목숨이 아홉 개였나 봐."

이모가 말했다.

"그랬던 모양이지."

이모부가 덧붙였다.

"그 녀석이 어떤 식으로 날마다 학교 앞에서 당신을 기다렸는지 찰리한테 얘기해줘."

이모는 고양이 한 마리를 안아서 무릎에 올려놓으며 말했다.

"아, 그리고 프라이팬에 올려놓은 닭 간을 어떤 식으로 슬쩍했는지도."

"그러다 이 딱한 아이가 지루해서 죽을 수도 있어, 버티."

이모부는 나를 향해 윙크하며 말했다.

"안 그러냐, 콩알아?"

이모부는 나를 가끔 콩알이라고 부르기 시작했다. 그 말을 들으면 내가 아기가 된 듯한 기분이 들었지만 나는 아무 소리 하지 않았다.

이모가 이번에는 슈퍼마켓 시리얼 코너에서 기절한 어떤 여자 이야기를 꺼냈지만 위시본 생각을 하느라 내 귀에는 아무 말도 들리지 않았다. 나는 매일 학교 앞에서 나를 기다리는 녀석의 모습을 그려보았다. 녀석이 싸우는 걸 보았던 그날처럼 스쿨버스를 따라서 달리는 녀석의 모습도 그려보았다. 그 녀석은 워낙 똑똑해서 아이들에게 재주를 보여줄 수 있을 테니 기사 아저씨가 버스에 태워줄지 모른다.

녀석은 매일 밤마다 내 침대에서 잘 테고 나는 〈선한 노아〉를 불러줄 것이다. 녀석은 어쩌면 내가 언니의 롤리고등학교 티셔츠를 입히고 발톱을 빨간색으로 칠해도 가만있을지 모른다. 나는 일요일 아침마다 교회에 가기 전에 현관으로 가서 신문을 들고 오도록 녀석을 가르칠 것이다. 녀석은 텃밭에 들어오는 토끼를 쫓아내고 저녁마다 우리와 함께 베란다에 앉을 것이다. 롤리에 데려가면 엄마가 난리를 부릴 것 같은 예감이 들지만 그 생각은 나중에 하기로 했다.

이모가 우리 먹을 그레이엄 크래커를 가지러 안으로 들어갔을 무렵, 나는 위시본에게 푹 빠져서 견딜 수 없는 지경에 이르렀다. 하워드의 계획이 잘 풀리기만을 바랄 따름이었다.

"나가서 텃밭 스프링클러 돌리자."

이모부가 지저분한 모자챙을 잡아당기며 내게 말했다. 내가 이모부를 따라 밖으로 나가자 고양이 세 마리가 어슬렁어슬렁 우리를 따라 밖으로 나왔다. 나는 호스를 풀어서 텃밭까지 끌고 가는 이모부를 도왔다. 이모부가 스프링클러를 호스에 연결하는 동안 나는 깔끔하게 줄지어서 나날이 무럭무럭 자라나는 덩굴제비콩과 호박과 토마토 모종 사이를 왔다갔다 했다. 맨발에 닿는 부드러운 흙이 따뜻했다. 그런데 그때 갑자기 무당벌레 한 마리가 내 팔뚝에 앉는 게 아닌가! 내가 손가락을 옆에 갖다 대자 무당벌레가 그 위로 올라갔다. 나는 손가락을 들고 조용히 속삭였다.

"무당벌레야, 무당벌레야, 집으로 날아가거라."

나는 하늘 위로 날아가는 조그만 무당벌레를 보며 소원을 빌었다.

언니가 그날 저녁에 또 전화를 했다. 언니는 머리를 몇 가닥 파란색으로 염색했더니 학교에서 너도나도 자기를 따라하고 있다고 얘기했다.

"진짜야, 찰리. 롤리의 모든 애들이 머리를 몇 가닥씩 파란색으로 염색했다니까?"

그리고 밴드에서 코를 뚫고 기타를 치는 남자애를 만났다고 했다. 이름이 바퀴벌레라는 뜻의 칵크로치인데 언니의 남자친구나 마찬가지인 아를로는 그 남자애를 싫어한단다.

"칵크로치라고?"

나는 이렇게 물었다. 그 소리를 듣고 달리 뭐라고 할 수 있겠는가.

하지만 언니는 계속 종알거렸다. 어서 빨리 졸업해서 학교와 바이바이하고 싶은 마음에 좀이 쑤신다고 했다. 언니는 셰일라라는 친구의 삼촌이 멕시코 음식점에 일자리를 마련해주면 그 친구와 함께 포트로더데일로 이사할지도 모른다고 했다. 그게 안 되면 치과조무사 학교에 다닐 수도 있었다.

이런저런 계획들이 많은데 내가 들어갈 자리는 없는 듯했다.

"나중에 나를 보러 와줄 거야?"

나는 어린애처럼 조그만 목소리로 물었다.

"당연하지, 찰리. 시간이 나는 대로 당장 갈게."

언니가 말했다. 칵크로치를 만날 시간은 많으면서 나를 만날 시간은 없는 모양이었다.

그날 저녁에 베란다에서 이모가 이모부에게 하루를 어떻게 보냈는지 얘기하는 동안 나는 나무 사이를 뚫고 위시본이 있는 어딘지 모를 곳으로 텔레파시를 보냈다. 녀석은 나처럼 떠돌이로 지낼 필요가 없다고 알리고 싶었다. 녀석을 내 가족으로 만들고 싶었다.

그러고 나자 오덤 가족이 생각났다. 바로 그 순간 그 가족이 뭘 하고 있을지 궁금했다. 바닥에 베개를 쌓아놓고 팝콘을 먹으며 카드 게임을 하고 있을 것이다. 오덤 부인은 아이들이 받아온 시험지를 벽에 붙이며 아이들이 얼마나 자랑스러운지 모른다고 얘기하고 있을 것이다. 그런 다음 코튼이 매직으로 벽에 낙서를 그만하도록 "순무"라고 외칠 것이다.

이모부가 일어나서 기지개를 펴며 "들어갈 시간이네"라고 하자 내 상상의 나래가 끊겼다.

학교에서 또 하루를 보내야 한다니 생각조차 하기 싫었다. 의자에 껌이 붙어 있고 지나가는 나를 보며 아이들이 키득거리는 스쿨버스. 나를 보면 얼굴을 찌푸리고 채점한 시험지를 한숨 소리와 함께 내 책상 위로 던지는 윌리비 선생님. 아이들이 서로 완두콩을 던지고 나를 투명인간 취급하는 급식실. 몇 주만 지나면 학기가 끝나지만 내게는 그 몇 주가 백년처럼 느껴졌다.

의심의 여지가 없었다. 나는 지금 그 어느 때보다 위시본이 간절했다.

열하나

다음 날 학교에서는 시계가 멈춘 듯했고 수학, 사회, 체육으로 이루어진 고문이 하루 종일 끝도 없이 이어지는 것 같았다. 심지어 점심시간과 쉬는 시간마저 천천히 지나갔다. 마침내 하교 종이 울리자 나는 쏜살같이 버스로 달려갔다. 평소 앉던 자리에 앉아서 하워드를 기다렸다. 자리가 하나둘씩 채워져가는데 하워드가 늑장을 부리는 모양이었다. 잠시 후에 오드리 미첼이 빈자리를 찾느라 두리번거리며 통로를 걸어왔다. 그러더니 놀랍게도 내 옆자리에 앉았다. 나한테서 병균이 옮지 않게 하려는 듯 가방으로 우리 둘 사이를 막았다.

"그 자리에 앉지 마."

내가 말했다. 오드리는 인상을 쓰며 대꾸했다.

"내 맘이야."

"앉지 말라니까!"

나는 고함 비슷한 것을 질렀다. 오드리는 살짝 움찔하며 입을 떡 벌리고 나를 쳐다보았다.

"자리 맡아놓는 건 안 돼. 규칙 위반이야."

오드리가 말했다.

파인애플.

파인애플.

파인애플.

하지만 하워드가 알려준 바보 같은 방법은 효과가 없었다. 나도 모르게 오드리를 통로 쪽으로 밀쳐버린 것이다. 나는 바로 후회했다. 아이들은 모두 오드리를 좋아했다. 초코바를 선물하며 머리가 참 예쁘다고 해도 시원치 않을 판국에 지저분한 버스 바닥으로 밀치다니. 다행히 오드리는 나와 쌈닭처럼 성질이 더럽지 않았다. 꺅 하고 조그맣게 비명을 지르고 옷에 묻은 먼지를 털며 나더러 미쳤다고 하면서 다른 자리로 옮겼다.

다행히 하워드가 버스에 탔을 무렵에는 내 분노가 폭발 직전에서 부글부글 끓는 수준으로 가라앉아 있었다.

하워드가 내 옆자리에 털썩 주저앉았다.

"이번에는 또 무슨 일로 흥분했어?"

나는 하워드가 아직도 벌건 내 얼굴을 볼 수 없도록 창밖으로 고개를 돌렸다.

"흥분하지 않았어."

내가 대답했다. 하워드는 안경을 추켜올렸다.

"흠."

하워드는 가방을 뒤져서 반쪽짜리 치즈 샌드위치를 꺼냈다. 치즈를 따로 빼내 공처럼 동그랗게 말아서 입에 넣었다. 빵도 밀가루 반죽처럼 동그랗게 말았다.

버스가 콜비의 길거리를 달리는 동안 어떤 덫을 만들어서 위시본을 잡을 건지 생각하자 부글거리던 분노가 가라앉았다. 그 대신 몸이 들썩거릴 정도로 흥분이 됐다.

하워드의 집에 도착하자 코튼과 함께 현관에 나와 있던 오덤 부인이 웃는 얼굴로 버스 기사에게 손을 흔들었다. 하워드와 드와이트와 나는 현관 옆 계단에 앉았고 오덤 부인은 오늘 하루 어땠느냐고 물었다. 윌리비 선생님이 드디어 창문에 달린 선풍기를 고쳤는지, 드와이트가 본 수학 시험이 어려웠는지, 학부모회가 또 급식실에서 컵케이크를 팔았는지.

잠시 후 하워드가 가방에서 시험지를 꺼내 오덤 부인에게 내밀며 씩 웃었다.

"짜잔!"

오덤 부인이 어찌나 호들갑을 떠는지 누가 보았더라면 순금이라도 받은 줄 알았을 것이다. 가방 바닥에 구겨 넣어둔 시험지가 내 무릎을 정말로 무겁게 누르는 것처럼 느껴졌다. 나도 '짜잔' 하면서 시험지를 내밀 수 있게 좋은 점수를 받고 싶다는 생각이 들었다.

내가 학교 지리를 익혔고 규칙도 외웠기 때문에 하워드는 더 이상 내 책가방 짝꿍 노릇을 할 필요가 없었다. 그러자 이번에는 끈질기게 공부를 도와주겠다고 했다. 나는 그래봐야 무슨 소용이냐며 계속 거절했다. 이 학교에 오래 다닐 것도 아니지 않느냐고 했다. 그러면 하워드는 고개를 숙이고 중얼거렸다.

"혹시 모르잖아. 계속 다닐지."

나는 그 말을 못 들은 척하면서 한심한 내 시험지를 가방에 쑤셔넣었다. 하지만 그날 오덤 부인과 현관에 앉아 있는 동안에는 그 도움을 받을 걸 그랬다는 생각이 들었다.

하워드와 나는 간식으로 바나나 푸딩을 먹은 다음 하워드네 집 뒤편의 다 쓰러져가는 차고로 직행했다. 문에 달린 경첩 하나는 떨어져 나갔고 옆으로 기우뚱해서 금방이라도 폭삭 주저앉을 것처럼 생긴 차고였다. 우리가 들어가자 한쪽 구석 작업대 앞에 앉아 있던 하워드의 아빠, 오덤 아저씨가 고개를 들었다.

아저씨가 자리에서 일어나자 머리가 천장을 뚫겠다는 생각이 들었다. 그 정도로 키가 컸다. 큼지막한 손은 주근깨투성이였고 머리카락은 새빨갰고 파란 눈은 반짝였다. 풀과 톱밥과 석유가 한데 섞인 냄새를 풍겼다.

"왔구나!"

쩌렁쩌렁한 목소리가 그 조그만 차고 안을 울리자 벽에 걸려 있던 톱과 삽이 덜커덩거릴 것만 같았다.

나는 교회에서 아저씨가 손수건으로 땀을 훔치며 〈하나님의 나팔소리〉를 우렁차게 부르는 모습을 본 적이 있지만 대화를 나눈 적은 없었다. 대부분의 교인들이 친교실에서 커피를 마시며 잡담을 나누는 동안 오덤 아저씨와 다른 남자 어른들 몇 명은 밖에서 트럭 엔진을 점검하거나 주차장에서 농구하는 아이들을 구경했다.

"오, 이런. 너희 엄마를 아주 빼다 박았구나."

아저씨가 내게 말했다.

우리 엄마를? 생각지도 못했던 말이다.

"그래요?"

내가 물었다.

"응. 아주 많이 닮았어."

"버서 이모 말씀이죠?"

"아니, 칼라. 너희 엄마 말이야."

"우리 엄마를 아세요?"

"잘 알지는 못해. 한두 번 본 게 전부라서."

"롤리에서요?"

"아니, 여기 거스와 버서의 집에서."

아저씨는 셔츠 앞섶에 묻은 톱밥을 털어냈다.

"어제 일처럼 느껴진다만 어제 일은 분명 아닐 테지."

아저씨가 말했다.

"아."

나는 더 이상 아무 말도 할 수 없었고 머릿속이 어지러웠다. 엄마가 언제 이모네 집에 놀러 왔던 걸까? 어떻게 아무도 나한테 그 얘기를 하지 않았을까?

"하워드가 요즘 입에 침이 마르도록 네 얘기만 한다."

오덤 아저씨는 하워드를 보고 윙크하며 이렇게 말했다. 내 뺨이 화끈거리는 게 느껴졌다. 아저씨가 말했다.

"그래, 그 지저분한 사냥개를 잡을 생각이라고?"

"네."

"그 녀석 아주 악동이야. 그거 하나는 내가 장담할 수 있다. 콜비의 모든 닭장과 쓰레기통에서 쫓겨난 적 있다고 보면 돼."

"그 개 이름은 위시본이에요."

하워드가 말했다. 아저씨는 빙그레 웃었다.

"오, 멋진 이름인데?"

"걔는 저를 좋아해요."

내가 말했다.

"찰리가 키울 생각이래요. 그 전에 먼저 잡아야겠지만."

하워드가 말했다.

이렇게 해서 오덤 아저씨가 나무에 스테이플러로 철조망을 박는 법과 나사로 경첩 다는 법을 가르쳐주었고, 우리는 이윽고 개를 잡기에 완벽한 덫을 완성했다. 주유소에서 일하는 벌이 퇴근 후에 자기 트럭 짐칸에 덫을 싣고 이모네 집까지 실어다주었다. 여러 가지 생각들로 내 머릿속이 복잡했다. 위시본 생각도 났다가 이모네 집에 왔었다는 엄마 생각도 났다. 그런데 벌이 라디오를 하도 크게 트는 바람에 어지럽게 날아다니는 생각들을 하나로 정리할 기회가 없었다.

이모네 집에 도착한 뒤 우리는 마당이 끝나는 지점의 덤불 주변에 덫을 설치했다. 나와 하워드가 낙엽과 나뭇가지를 주워서 철망에 꽂는 동안 이모는 벌에게 질문 세례를 퍼부었다.

텃밭에서 기른 오크라 피클이 익으면 오덤 부인에게 좀 주는 게 좋을지, 레니는 계속 음악대 활동을 하고 있는지, 할머니는 고관절 수술을 아직 안 받으셨는지….

벌은 "네", "아니오", "네"라고 대답했다.

하워드와 나의 작업이 끝나자 덤불 가에 그 덫이 있는지 거의 보이지 않을 정도였다. 나는 집 안으로 달려가서 먹다 남은 음식을 모아둔 파이 통을 들고 왔다. 베이컨 한 조각, 비스킷, 참치 누들 캐서롤. 나는 파이 통을 덫 한쪽 깊숙이 밀어 넣고 이렇게 말했다.

"좋았어. 이제 기다리기만 하면 되겠다."

열둘

하워드와 나는 기다리고 또 기다렸지만 위시본은 코빼기도 보이지 않았다. 이모부가 두세 번 나와서 이쑤시개를 씹거나 이모부의 무릎에 웅크리고 앉은 까만색의 뼈만 앙상한 고양이를 쓰다듬으며 같이 앉아 있었다. 어쩌다 한 번씩 이모가 현관문 밖으로 고개를 내밀고 큰 소리로 물었다.

"아직 못 잡았니?"

우리가 검지손가락을 입술에 대는 손짓을 하자 이모는 손으로 입을 막으며 "어머나, 미안"이라고 했다.

태양이 산 너머로 사라지고 반딧불이들이 텃밭에서 반짝이기 시작하자 이모부가 특유의 느릿느릿한 몸놀림으로 일어서며 말했다.

"집까지 태워다줄까, 하워드?"

"아니에요."

하워드가 말했다.

"걸어갈게요."

나는 이모부도 지금 나와 똑같은 생각을 하고 있을지 궁금해졌다. 그렇게 절뚝거리면서 걸으면 밤을 꼬박 새야 집에 도착할지 모르겠다고 말이다. 하지만 이모부는 그냥 기지개를 켜면서 "그래, 알았다" 하고는 집 쪽으로 어슬렁어슬렁 걸어가버렸다.

"갈게."

하워드는 이렇게 말하고 큰길과 연결된 진입로 쪽으로 걸음을 옮겼다.

나는 덫 옆에 앉아서 산비탈에 자리 잡은 아담한 이모네 집을 바라보았다. 이모는 어째서 엄마가 여기에 온 적 있다는 얘기를 내게 해주지 않았을까? 엄마는 이 집이 마음에 들었을까? 이모부와 함께 텃밭에서 덩굴제비콩을 땄을까? 이모가 오이 피클 만드는 걸 거들었을까? 저녁이면 모두 함께 베란다에 앉아서 페가수스자리를 올려다봤을까? 피클용 유리병들이 있는 그 방에서 잤을까?

나는 천천히 일어나서 집 안으로 들어갔다. 거실에 있는 이모부의 낡은 안락의자, 잡지와 커피잔들로 뒤덮인 먼지 쌓인 테이블, 텔레비전과 그 위에 놓인 플라스틱 과일 접시를 둘러보았다. 엄마도 저 의자에 앉았을까? 저 테이블에 발을 올려놓고 저 텔레비전으로 드라마를 봤을까?

이모와 이모부가 베란다에서 이야기를 나누는 소리가 들렸다. 가끔 이모의 웃음소리가 문틈 사이로 흘러나왔다. 나는 결국 베란다로 나가서 그 옆에 놓인 정원용 의자에 앉았다. 부엌 불빛이 베란다를 은은하게 비추었다. 나는 심호흡을 하고 말을 꺼냈다.

"엄마가 예전에 여기 온 적이 있다면서요?"

두 사람은 서로를 쳐다보았다. 이모부는 헛기침을 하고 앉은 채로 몸을 꼼지락거렸다. 이모는 손을 뻗어서 내 팔에 얹었다.

"응, 그런 적이 있었어."

이모가 대답했다.

"아."

나는 고양이 한 마리가 베란다 주변을 날아다니는 나방을 앞발로 때리는 것을 구경했다.

"언제요?"

"아주 오래전에."

이모가 말했다.

"그러니까 언제요?"

"네가 애기였을 때."

"그럼 저도 왔었겠네요?"

숲속에서 시작된 황소개구리 울음소리가 산 속으로 울려 퍼졌다. 잡초들로 덮인 베란다 밑에서 귀뚜라미들이 재잘거렸다.

이모는 슬픈 눈빛으로 나를 바라보았다.

"아니. 너는 오지 않았어."

이모가 말했다.

"재키 언니는요? 언니는 왔어요?"

내가 물었다.

"아니, 재키도 오지 않았어."

"그럼 저하고 언니는 어디 있었어요?"

내가 물었다.

"그리고 쌈닭은요? 쌈닭은 어쩌고요?"

이모는 내 쪽으로 몸을 기울였다. 이모에게서 베이비파우더 냄새가 났다.

"찰리. 너희 엄마는 너랑 재키랑 아빠를 두고 혼자 왔었어. 옷이 잔뜩 든 쓰레기봉투를 들고 한밤중에 찾아왔지."

이모가 말했다.

"그냥 놀러온 거였어요?"

내가 물었다. 하지만 속으로는 그 질문의 대답을 이미 알고 있었다.

"아니. 너희를 두고 그냥 뛰쳐나온 거였어."

갑자기 이모의 목소리에 날이 섰다. 날카롭고 화가 난 것처럼 들렸다. 이모도 그렇게 화난 목소리를 낼 수 있다니 짐작도 못한 일이었다.

"아."

내가 말했다.

이모는 점점 날카로워지는 화난 목소리로 말을 이었다.

"도대체 무슨 생각으로 그렇게 도망쳤느냐고 물었더니 내 눈을 똑바로 쳐다보면서 '지금까지의 생활에 질렸어. 새 출발할 거야'라더구나."

번개가 번쩍 하며 산마루를 덮은 하늘을 갈랐고 천둥이 나지막이 우르르거리는 소리가 들렸다.

"그러고 나서 어떻게 됐어요?"

내가 물었다. 이모는 한숨을 쉬었다.

"새로운 인생이 얼마 가지 못했지."

"얼마나 갔는데요?"

"두세 달."

"무슨 일이 있었길래요?"

"내가 새로운 인생에 대해 어떻게 생각하는지 얘기한 게 고까웠나 봐. 아이를 두고 뛰쳐나온 엄마에 대해 내가 어떻게 생각하는지 듣고 싶지 않았던 거지. 화물열차처럼 요란하게 이 집을 박차고 나가서 예전 생활로 돌아갔고 그 뒤로는 만난 적이 없단다."

천둥소리가 또다시 아래쪽 골짜기에서 울려 퍼졌다.

"내가 전화를 해도 네 엄마가 받질 않았어. 너하고 재키한테 카드와 선물을 보내도 네 엄마가 돌려보냈고. 한동안 그러다 내 쪽에서 포기했지."

이모는 이렇게 말하면서 내 무릎을 토닥였다.

"이런 얘기하게 돼서 미안하다, 찰리."

나는 별일 아니라는 듯이 어깨를 으쓱했지만 부들부들 떨리는 턱에서 속마음이 드러났을 것이다. 이모는 내 앞에 무릎을 꿇고 앉아서 내 양쪽 손을 잡고 말했다.

"너희 엄마는 너를 아주 많이 사랑해, 찰리. 하지만 가끔 길을 잃을 때가 있단다."

길을 잃을 때가 있다고? 나는 어떻게 하면 엄마가 우리 엄마로 돌아올 수 있는지 기꺼이 지도를 그려줄 수 있었다.

나는 시커먼 숲을 내려다보며 나무를 지나고 개울을 넘어서 시내의 길거리 사이로, 위시본이 있을 곳으로 텔레파시를 보냈다. 내가 녀석을 얼마나 필요로 하는지, 나와 함께 있으면 얼마나 재미있을지 알리고 싶었다. 이제는 엄마가 녀석을 보고 난리법석을 떤대도 전혀 상관없었다.

"오늘 밤에 위시본이 덫에 들어 있는 그 음식을 먹으러 올지 궁금해요."

내가 말했다.

"먹으러 오지 않으면 바보 멍청이지."

이모부가 말했다.

"그런데 그 개는 바보 멍청이가 아닐 것 같은 예감이 든다, 콩알아."

이모부가 다시 나를 콩알이라고 불렀고 이번에는 아기가 된 기분이 들지 않았다. 오히려 엄마가 나를 그런 식으로 버리고 떠난 적이 있다는 사실에 속이 울렁거리는데도 입가에 옅은 미소가 지어졌다.

나는 잠시 후에 두 사람에게 저녁 인사를 하고 내 방으로 들어왔다. 창가에 앉아서 번개를 구경했다. 위시본은 어디 있을까? 이동식 주택들 옆에서 작고 까만 다른 강아지와 싸우고 있을까? 아니면 바로 지금 덫 안으로 들어가서 참치 누들 캐서롤을 먹고 있을지도 모를 일이었다.

나는 침대로 들어가서 엄마 생각을 했다. 엄마는 어떤 식으로 새로운 인생을 살고 싶었을까? 영원히 여기 콜비에서 살 작정이었을까? 학교 선생님을 하거나 사서를 하거나 아니면 블랙마운틴 가에 미용실을 열 생각이었을까? 싸울 일이 별로 없는 남자를 찾아서 재혼할 작정이었을까? 아이들을 새로 낳아서 그 아이들이 학교에 다녀오면 분홍색과 보라색 꽃이 달린 케이크를 줄 생각이었을까?

하지만 이런 상상이 무슨 소용 있을까. 엄마는 예전으로 되돌아갔고 우리 가족은 산산이 부서져서 엄마는 거기에, 나는 여기에 뿔뿔이 흩어졌는데.

밖에서 비가 내리기 시작했다. 처음에는 더딘 보슬비였지만 점점 속도가 빨라지고 소리도 요란해졌다. 거세어진 바람이 방충망 사이로 냉기와 습기를 뿜었다. 나는 두근거리는 심장을 달래며 벌떡 일어나 앉았다. 오늘 소원을 빌지 않았던 것이다! 어디에 대고 소원을 빌어야 할지 목록을 뒤지느라 머릿속이 어지러웠다. 별에 대고 빌기에는 너무 늦었다. 이 방 안에는 무당벌레도 없었다. 네 잎 클로버나 1센트짜리 동전이나 민들레도 없었다. 그런데 그때 믿기지 않는 일이 벌어졌다. 창밖으로 저 멀리 보이는 나무 사이에서 흉내지빠귀 울음소리가 들린 것이다. 빗속에서 새 울음소리를 들으면 소원을 빌 수 있었다. 나는 눈을 감고 얼른 소원을 빌었다.

열셋

콜비에서의 내 생활은 이런 식으로 계속 이어졌다. 하워드와 나란히 스쿨버스를 타고 덜커덩덜커덩 산길을 내려간다. 나와 말도 섞으려 하지 않는 촌닭들은 무시한다. 교회에서는 성서 수사관 게임을 한다. 위시본이 파이 통에 든 핫도그를 먹을 때까지 기다린다. 이모, 이모부와 함께 베란다에서 별을 구경한다. 그리고 날마다 소원을 빈다.

언니가 어쩌다 한 번씩 전화해서 롤리에서 행복하게 사는 소식을 전했다. 아를로라는 그 남학생과 댄스파티에 갈 거라고 했다. 올 여름에는 캐럴 리와 함께 와플 가게에서 일할지도 모르겠다고 했다. 발목에는 가짜로 나비 문신을 했단다.

내가 위시본 얘기를 꺼내면서 어떤 식으로 잡을 생각인지 밝히자 언니는 그게 정말 좋은 생각인 것 같으냐고 물었다. 나는 그렇다고, 아주 좋은 생각이라고 대답했고 그것으로 상황 종료였다.

나는 그 뒤로 위시본을 세 번 더 만났다. 위시본이 데어리 프리즈 주차장에서 쓰레기통을 뒤지고 있을 때, 비를 맞으며 14번 고속도로를 총총히 달리고 있을 때, 브러시 개울 옆 피크닉 테이블 밑에서 종이 봉지에 든 뭔가를 먹고 있을 때.

덫에 설치한 파이 통은 두 번 비었지만 그 근처에서 녀석을 본 적은 한 번도 없었다. 다행히 학기가 2주밖에 안 남아서 그 뒤로는 마음만 먹으면 하루 종일이라도 덫을 지킬 수 있었다. 하지만 위시본을 정말 내 가족으로 만들 수 있을지 걱정이 되기 시작했다. 어쩌면 그러겠다는 상상을 하는 것만으로도 시간 낭비일 수 있었다.

"어젯밤에 위시본이 짖는 소리를 들었어."

하루는 하워드네 집 앞 현관의 낡은 의자에 앉아서 막대 아이스크림을 먹는데 하워드가 말했다.

"그 녀석이었는지 어떻게 알아?"

나는 코튼이 마당에서 주황색 막대 아이스크림 국물을 턱과 아무것도 입지 않은 가슴 위로 줄줄 흘리며 우유 상자 위로 뛰

113

어오르는 것을 구경하면서 물었다.

"그냥 알아."

하워드가 말했다.

"그 녀석을 절대 못 잡을 것 같아."

내가 말했다.

"거스 이모부 말이 맞았어. 걔는 떠돌이 신세가 좋은가 봐."

"쉽게 포기하지 마."

하워드가 말했다.

"쉽게 포기하는 거 아니야."

"맞는데, 뭘."

나는 발을 굴렀다.

"아니라니까!"

하워드는 손날에 묻은 아이스크림을 혀로 핥으며 말했다.

"파인애플."

나는 소파에 몸을 묻고 아이스크림 막대를 마당으로 던졌다.

하워드의 파인애플 수법이 신경에 거슬리기 시작했다.

"뭐야, 찰리."

하워드가 말했다.

"어린애처럼 왜 그래?"

"나 어린애 아니야!"

나는 고함을 질렀다. 하워드는 어깨를 으쓱했다.

"지금 어린애처럼 굴고 있잖아."

바로 그때 오덤 부인이 행주로 손을 닦으며 현관으로 나왔다. 하지만 나는 짜증이 폭발해서 참을 수가 없었다. 내 입에서 고함이 터져나오는 것도 어쩔 수가 없었다.

"그래도 너처럼 다람쥐를 먹는 촌닭은 아니다."

나는 발소리도 요란하게 계단을 내려와서 씩씩거리며 마당을 가로질러 레니의 자전거를 타고 이모네 집으로 질주했다. 집에 도착해서 자전거를 마당에 버리고 집 쪽으로 걸어갔다. 그런데 현관문 앞에 도착했을 때 덫을 놓은 곳에서 무슨 소리가 들렸다. 고개를 돌린 순간 나는 내 눈을 의심할 수밖에 없었다. 위시본이 그 안에서 미트로프와 감자튀김을 게걸스럽게 먹고 있었던 것이다.

나는 1초도 지체하지 않았다. 마당을 달려가서 쾅 소리와 함께 덫의 문을 닫았다. 위시본은 으르렁거리며 펄쩍 뛰었다. 그러다 구석으로 슬금슬금 돌아가서 귀가 땅에 닿도록 고개를 숙였다. 어찌나 겁에 질린 표정인지 내 가슴이 찢어질 것 같았다.

"안녕, 위시본."

나는 속삭였다. 녀석이 철망을 향해 어찌나 세게 부딪치는지 그러다 뚫고 나오는 게 아닐까 싶을 정도였다.

"미트로프 더 있어."

내가 말했다. 녀석은 고개를 갸웃했다.

"여기서 기다려."

내가 말했다.

"내가 갖다 줄게."

나는 걸쇠를 내리고 집 안으로 달려 들어가서 이모를 불렀다. 부엌으로 돌진하다가 하마터면 이모와 부딪힐 뻔했다.

이모는 가슴을 움켜쥐며 말했다.

"찰리, 맙소사! 깜짝 놀랐잖니!"

"잡았어요!"

나는 고함을 질렀다.

"위시본을 잡았어요!"

나는 냉장고 문을 열고 포일로 싼 미트로프 한 덩이를 꺼내서 다시 마당으로 달려갔다. 이모가 나를 따라 달리며 외쳤다.

"그럴 줄 알았지! 내 미트로프가 효험이 있을 줄 알았지!"

덫에 도착해서 보니 위시본이 중국까지 뚫을 기세로 철망 옆 땅을 파고 있었다. 흙과 돌멩이가 녀석의 뒤로 흩날렸다. 녀석은 우리를 보더니 다시 저쪽 구석으로 뒷걸음질 쳤다.

나는 포일을 벗겼다.

"미트로프 좀 더 들고 왔어."

녀석은 조그맣고 애처롭게 낑낑거렸다. 이모가 조심하라는 둥, 철망 사이로 손가락을 넣지 말라는 둥, 어쩌고저쩌고 말하는 소리가 들렸다. 하지만 나는 위시본을 똑바로 쳐다보며 무서워하지 말라고 했다. 그런 다음 미트로프 한 덩이를 녀석과 가까운 철망 사이로 넣어주고 기다렸다.

미트로프 냄새가 풍기자 녀석은 코를 실룩였다. 똑바로 서서 코를 킁킁거렸다.

"먹어, 위시본. 너 주려고 가져온 거야."

내가 말했다. 녀석은 미트로프를 쳐다보며 한 발짝 앞으로 다가왔다. 다시 한 발짝, 다시 한 발짝, 내 손 바로 앞까지 왔다. 그러더니 미트로프를 낚아채서 한입에 꿀꺽하고는 꼬리를 흔들었다.

살랑.

살랑.

살랑.

고맙다고 인사라도 하는 듯이 세 번 살짝 흔들었다.

나는 이모를 돌아보았다

"보셨어요?"

이모는 고개를 끄덕였다.

"그럼. 솔직히 네 손가락이 한두 개 잘리는 줄 알았다."

이모는 앞치마 주머니에 손을 넣어서 짭짤한 크래커를 두 개 꺼냈다.

"이것도 줘."

내가 크래커를 주자 위시본은 그것마저 먹어치우고는 나를 보며 다시 꼬리를 흔들었다.

이모와 나는 이모부가 낡은 허리띠로 만들어준 개 목걸이를 찾았다. 텃밭 옆 창고에서 밧줄을 찾아 목걸이에 연결했다. 나는 집 안으로 달려 들어가 먹을 것을 좀 더 챙겼다. 시리얼, 빵 한 덩이, 볼로냐 소시지 두세 조각.

그런 다음 다시 덫을 향해 달려가는데 이모가 바로 뒤에서 외쳤다.

"같이 가!"

열넷

위시본은 그 목걸이를 전혀 좋아하지 않았다. 내가 목걸이를 씌우자 야생마처럼 날뛰며 고개를 이리저리 흔들었다. 내가 줄을 당겨서 덫 밖으로 끌어내리려고 했을 때는 주저앉아서 노새처럼 고개를 묻었다. 하지만 헨젤과 그레텔의 빵 부스러기처럼 볼로냐 소시지로 유인하자 한 발짝, 한 발짝 나를 따라 집 쪽으로 움직였다. 마침내 집 안으로 들어갔을 때 이모가 잽싸게 문을 잠갔고 나는 밧줄을 풀었다. 그런 다음 소파에 앉아서 녀석을 지켜보았다.

그렇게 집으로 들어온 녀석은 냄새를 맡아볼 만한 거라면 뭐든 코를 대고 킁킁거렸다. 현관 앞에 깔린 초록색의 부스스한

러그, 이모부의 안락의자, 이모의 뜨개질 바구니. 그런 다음 뒷문 옆의 옷걸이를 살피고 식탁 아래 타일 바닥에 떨어진 부스러기를 핥으며 조심스럽게 집 안을 돌아다녔다. 창턱에 앉아 있는 고양이를 보고서는 짖었다. 고양이는 등을 활처럼 구부리고 하악 소리를 냈다. 그러자 위시본은 그냥 자리를 피했다. 녀석이 고양이들을 쫓아다니면 어떻게 하느냐고 이모가 걱정을 했었고 솔직히 나도 그 부분이 살짝 걱정스러웠는데 다행이었다.

어느 정도 시간이 지나자 녀석은 킁킁거리는 것도 지쳤는지 소파 옆에 앉아서 잠이 들었다. 나는 까치발로 다가가 그 옆에 앉아서 털을 쓰다듬으며 녀석의 이름을 속삭였다. 내 개가 생기다니 믿기지가 않았다.

그날 저녁에 퇴근한 이모부가 부엌에서 스테이크를 만드는 이모 옆에 앉아 있는 위시본을 보고 뛸 듯이 기뻐했다.

"아이구, 깜짝이야."

나는 위시본에게서 손을 뗄 수가 없었다. 끊임없이 녀석의 머리를 토닥이고 귀를 쓰다듬고 배를 긁었다.

"진짜 남다르지 않아요?"

내가 물었다. 이모부는 고개를 끄덕였다.

"그러네."

"냄새도 남달라. 내일 마당으로 데리고 나가서 제대로 씻겨

야겠다."

이모가 얼굴을 찡그리며 말했다.

"그럴게요."

내일은 토요일이라 하루 종일 녀석과 같이 있을 수 있었다. 나는 위시본을 씻기고 같이 산책을 나갈 것이다. 앉아, 아니면 누워 같은 재주도 가르칠 수 있을지 모른다. 나더러 쉽게 포기한다는 둥, 어린애 같다는 둥 말했던 것에 대해 화가 풀리면 위시본을 데리고 하워드네 집으로 놀러갈 수도 있었다. 그런데 현관으로 나온 오덤 부인 앞에서 하워드에게 다람쥐를 먹는 촌닭이라고 했던 게 기억났다. 그 생각을 하니 속이 울렁거리고 얼굴이 화끈거렸다. 하워드는 성격이 원래 그래서 화를 내지 않을 것이다. 하지만 오덤 부인은 이제 나를 미워할 게 분명했다. 이제는 내 가시 돋친 말들로 그 집의 선한 분위기를 해치지 않길 바랄 것이다.

그날 저녁에 위시본을 데리고 베란다로 나갔다. 녀석은 가끔 숲속에서 토끼나 다른 뭔가가 부스럭거리는 소리가 들리면 귀를 쫑긋 세웠다. 하지만 결국에는 내 발 위에 턱을 얹고 드러누웠다. 심지어 주변을 어슬렁거리는 고양이들도 본체만체했다.

"아주 훌륭한 개를 잡은 것 같다, 찰리."

이모부가 말했다. 나는 웃는 얼굴로 위시본을 내려다보았다.

"스키터만큼 훌륭할 거예요."

이모부는 고개를 끄덕였다.

"그럴 거야."

"내가 개의 어떤 점을 제일 좋아하는지 알아?"

이모가 말했다. 이모부와 나는 기다렸다.

"무조건적으로 주인을 사랑하는 거."

이모는 웃는 얼굴로 위시본을 내려다보았다.

"괴팍하고 잘난 척하고 뻔뻔하게 거짓말하는 사람들의 개도 자기 주인이 무슨 성인군자라도 되는 것처럼 사랑하잖아. 무슨 뜻인지 알지?"

이모부는 고개를 끄덕였다.

"알지."

이모는 말을 이었다.

"솔직히 인정하기는 싫지만 이 고양이들은 누가 정어리 통조림을 들고 오면 절반은 뒤도 돌아보지 않고 따라갈 거야."

나는 허리를 숙여서 위시본의 옆구리를 쓰다듬었다. 녀석의 털은 부드럽고 따뜻했고, 자는 동안 나지막이 코를 골았다. 별들이 반짝이는 하늘을 올려다본 순간, 오랫동안 느끼지 못했던 기분이 느껴졌다. 감사한 느낌이었다. 무조건적으로 나를 사랑해줄 개를 키우게 돼서 감사했다.

나는 다음 날 아침에 눈을 뜨자마자 꿈을 꾼 게 아닌지 확인하려고 위시본을 찾았다. 과연 녀석이 내 침대 옆 바닥에 웅크리고 누워 있었다. 간밤에 내가 베개를 하나 깔아주었더니 녀석은 1초의 망설임도 없이 그 위로 털썩 몸을 눕혔다.

나는 오전 내내 위시본을 씻기고 털을 빗기고 꼬리에서 깔쭉깔쭉한 부분을 뜯어내고 귓속을 들여다보았다. 녀석은 마뜩잖았을 텐데도 가만히 있었다. 모든 단장이 끝나자 어찌나 늠름해 보이고 좋은 냄새를 풍기는지 몰랐다. 녀석은 털 사이로 갈비뼈가 보일 정도로 삐쩍 말라 있었다. 이모가 호들갑을 떨면서 닭간을 하나 더 가지러 집 안으로 달려 들어갈 정도였다.

"애 살 좀 찌워야겠다."

이모가 말했다. 점심을 먹은 뒤에는 목걸이에 줄을 매달아서 산책하는 연습을 했다. 처음에 녀석은 싫은 내색을 분명하게 내비쳤다. 고개를 이리저리 홱홱 흔들거나 앉아서 꿈쩍하지 않았다. 하지만 내가 조그맣게 자른 치즈와 베이컨과 기타 등등 간식을 담은 비닐봉지로 유혹하자 이내 종종걸음으로 나를 따라나섰다. 마당을 한 바퀴 돌고, 텃밭을 가로지르고, 진입로를 왔다갔다 했다.

나는 뒤 베란다 옆의 가파른 산비탈에 서 있는 큼지막한 참나무에 녀석의 목줄을 묶고 그 그늘에서 낮잠을 자게 했다. 이모가 식탁보를 들고 나와서 그 옆 땅바닥에 깔았다. 그런 다음 우리 둘이서 피망을 넣은 치즈 샌드위치와 차로 점심을 해결했다. 이모는 예전에 콜비 시장이었던 쿠터라는 할아버지 이야기를 들려주었다.

"총을 들고 다녔어. 시청 앞에 누가 불법 주차를 하면 총으로 타이어를 쏴버렸지."

"진짜로요?"

"진짜로. 그리고 그 부인은 속옷을 빨아서 자기 차 안테나에 걸고 마를 때까지 시내를 돌아다녔고."

나는 콧잔등을 찡그렸다.

"으웩."

이모는 웃음을 터뜨렸다.

"누가 아니라니! 그 큼지막하고 낡은 속옷이 마치 바람에 휘날리는 대왕 궁둥이 나라의 국기 같았다니까?"

이모와 나는 깔깔대고 웃었다. 위시본은 자면서 어쩌다 한 번씩 발을 움찔하거나 조그맣게 낑낑거렸다. 줄에 묶이지 않고 다시금 자유롭게 뛰어다니는 꿈을 꾸는 걸까. 그건 아니기만을 바랄 따름이었다.

나는 차를 한 모금 꿀꺽 마시고 클로버 위를 날아다니는 벌들을 바라보았다.

클로버! 어쩌면 네 잎 클로버를 찾을 수 있을지 몰랐다. 나는 이모가 쿠터 부부가 어떤 식으로 네바다의 금광을 사서 이사하게 되었는지 이야기하는 동안 클로버 밭을 뒤지고 또 뒤졌다. 과연 네 잎 클로버가 하나 보였다. 하지만 꺾지는 않았다. 네 잎 클로버를 꺾으면 행운이 찾아올지 모르지만 꺾지 않고 두면 거기에 대고 소원을 빌 수 있기에 그렇게 했다.

점심을 먹고 나서 하워드에게 화가 풀렸다는 결론을 내린 나는 위시본의 줄을 레니의 자전거 손잡이에 묶고 오덤 가족의 집을 향해 페달을 밟았다. 귀를 펄럭이며 혀를 내민 채 내 옆에서 달리는 위시본이 무척 즐거워보였다.

하워드네 집에 도착해서 보니 하워드와 드와이트와 코튼이 앞마당에서 깡통을 던지고 서로 때리는 놀이를 하고 있었다.

"얘들아, 안녕! 내가 누구 데려왔게?"

내가 외쳤다. 그들은 일제히 달려와서 위시본을 에워싸더니 등을 쓰다듬고 머리를 토닥였다.

"와, 찰리. 성공했구나!"

하워드가 말했다. 나는 하워드를 보며 환하게 웃지 않을 수 없었다.

"그렇다니까! 얘, 멋지지 않니?"

하워드는 위시본의 귀 뒤를 긁었다.

"비글 피가 섞인 것 같아. 귀가 마음에 든다."

하워드가 말했다. 오덤 형제들이 난리법석을 떠는 동안 위시본은 눈을 감고 개다운 미소를 지으며 가만히 앉아 있었다.

우리는 오후 내내 위시본과 함께 놀았다. 코튼은 계속 팝콘을 던져서 받게 했고 드와이트는 줄을 잡고 오래된 아이스박스 위로 뛰어올라가서 앉게 했다. 심지어 하워드는 금세 악수를 가르쳤다.

"똑똑하다!"

하워드가 말하자 우리 모두 동의하며 고개를 끄덕였다.

"엄마한테 이 녀석의 재주를 보여드리자."

하워드가 위아래로 절뚝이는 특유의 걸음으로 현관을 향해 달려가며 말했다.

모두들 위시본을 두고 하도 난리법석을 떠는 바람에 어제 쌈닭에게 물려받은 성질이 폭발했을 때 내가 무슨 소리를 했는지 깜빡 잊고 있었다. 그런데 오덤 부인이 위시본을 보러 마당으로 나오자 그 생각이 났다. 나는 얼굴이 화끈거려서 차마 오덤 부인을 쳐다볼 수가 없었다.

하워드는 위시본이 아이스박스 위에 앉아 악수하는 것을 보여주었다.

"똑똑하지 않아요?"

하워드가 물었다.

"정말 똑똑하다."

오덤 부인이 말했다.

"찰리처럼 좋은 친구를 만나서 다행이네."

그 말을 듣자 안도감이 물밀듯 밀려들었다. 어쩌면 오덤 부인
도 나에게 화가 나지 않았을지 모른다.

"우리, 간식 챙겨가지고 나가서 뒤집기 가르쳐주자."

하워드가 말했다.

"좋은 생각이다."

오덤 부인은 내 머리칼을 헝클어뜨렸다.

"방금 전에 다람쥐 고기 파이 구웠어."

오덤 부인이 그 말을 하는 순간 나는 땅속으로 들어가버리고
싶었다. 아니면 공기 속으로 사라지고 싶었다. 펑! 하고 자취를
감추고 싶었다. 하지만 그럴 수가 없기에 화끈거리는 얼굴과 울
렁이는 속을 달래며 가만히 서 있는 수밖에 없었다.

드와이트와 코튼은 폭소를 터뜨리고 무릎을 때리며 소리를
질렀다.

"다람쥐 고기 파이라고요?"

오덤 부인이 내 어깨를 감싸 안았고 내가 용기를 내서 올려
다보자 나를 향해 윙크했다.

"우리 아들들을 확 휘어잡을 수 있는 혈기왕성한 아가씨가 옆에 있어줘서 얼마나 고마운지 몰라. 내 팀이 되어줄 여자 팀원이 필요했거든."

팀이라고? 오덤 부인이 나를 자기 팀에 넣고 싶어한다고?

잡초로 덮인 마당에서 마음씨 착한 오덤 가족에게 둘러싸여 있고 위시본이 내 앞의 아이스박스 위에 앉아 있는 이 순간을 저장할 수 있으면 얼마나 좋을까 하는 생각이 들었다. 이모의 피클용 유리병에 담아서 내 방에 두고 싶었다. 내 신세가 처량하게 느껴지거나 골치 아픈 문제들로 마음이 무거울 때 그 병을 열어서 선한 기운을 마시면 기분이 다시 좋아질 것 같았다.

하지만 그 순간은 지나가버렸고, 하워드가 닭고기를 들고 와서 위시본에게 뒤집기를 가르치려고 했지만 녀석은 닭고기를 먹을 생각만 했다.

"롤리의 우리 집에는 마당에 울타리가 쳐져 있으니까 그 안에서 마음껏 뛰어다닐 수 있을 거야."

내 말을 듣자 하워드의 얼굴에서 미소가 사라졌다.

"너희 엄마가 키워도 된다고 하실까?"

젠장! 이런저런 걱정들을 단단히 가두어놓았는데 그 말을 듣는 바람에 다시 스멀스멀 새어나왔다. 위시본을 데려가면 엄마가 뭐라고 할지 솔직히 알 수 없는 일이었다. 하지만 나는 걱정스러운 마음을 애써 떨치고 이렇게 말했다.

"당연하지. 엄마도 얘를 좋아하게 될 거야."

"언제 떠나?"

하워드가 떨리는 목소리로 조그맣게 물었다. 나는 어깨를 으쓱했다.

"글쎄. 아마 조만간 떠날걸?"

하지만 엄마가 아직 정신을 추스르지 못했다는 것을 나는 알고 있었다. 내가 콜비에 온 뒤로 엽서나 전화 한 통 없었지 않은가. 지금도 목욕 가운을 입고 어두컴컴한 방에 누워서 저녁 대신 다이어트 콜라를 마시며 내 생각은 전혀 하지 않을 것이다.

하워드가 그 뒤로 말이 없기에 나는 결국 위시본의 목줄을 자전거에 묶고 이모네 집으로 돌아왔다. 집에 도착해보니 이모부는 식탁에 앉아 있었고 이모는 텃밭에서 딴 피망을 썰며 26번 도로변에 새로 짓고 있는 근사한 상점에 대해 재잘거리고 있었다.

"오, 왔구나."

나와 위시본을 보고 이모부가 말했다.

"꼬마 아가씨와 아가씨의 반려견."

그러더니 주머니에서 무언가를 꺼내 손바닥에 얹고 내 쪽으로 내밀었다. 위시본이라는 이름이 새겨진 조그만 뼈다귀 모양의 이름표였다. 이모부는 이름표를 뒤집어서 전화번호가 적혀 있는 반대편을 보여주었다.

"거스!"

이모가 환호성을 질렀다.

"당신은 일등 이모부야."

이모가 이모부의 뺨에 입을 맞추었다.

"그렇지 않니, 찰리?"

나는 고개를 끄덕였다.

"그럼 이걸 보여주면 최고라고 하겠네."

이모부는 뒷문 옆에 달린 옷걸이를 턱으로 가리키며 말했다. 우비와 카디건 사이에 빨간색 가죽 끈이 걸려 있었다.

"낡은 밧줄 말고 진짜 가죽 끈이 필요하지 않을까 싶어서."

이모부가 말했다. 이모는 이모부에게 다시 입을 맞추었다.

"진짜 최고야. 그렇지 않니, 찰리?"

이모가 말했다. 이모부가 나를 생각해서 이런 선물을 준비하다니 얼떨떨했다.

"네, 이모님. 최고 맞습니다요."

나는 맞장구를 쳤다. 이모부는 위시본의 목걸이를 벗겨서 조그만 이름표를 달고 다시 끼웠다. 위시본이라는 이름이 새겨진 이름표와 목걸이를 걸고 있는 녀석을 내려다보고 있자니 정말로 내 개가 된 것 같았다. 이제는 떠돌이가 아니라 나와 함께 여기 이 집 식구가 된 것 같았다.

그 행복한 순간에 조그만 생각의 씨앗이 하나 떠올랐지만 무럭무럭 자라기 전에 얼른 지워버렸다. 어떤 생각이었냐면 '**나는 도대체 어디 소속일까?**'라는 것이었다.

열다섯

다음 날 주일학교가 시작되기 전, 나는 친교실 게시판에 꾸며 놓은 '축복의 정원'으로 달려갔다. 내가 만든 종이꽃을 찾았다. 다른 아이들은 축복이 많은지 만들어놓은 꽃들이 많았다. 하지만 내가 만든 꽃은 딱 한 개뿐이었고 거기에는 이렇게 적혀 있었다.

'건강하다.'

오드리가 그렇게 적기에 따라 적은 것이었다. 나는 내 꽃을 떼서 보라색 크레용으로 덧붙여 썼다.

'위시본이라는 개가 있다.'

주일학교가 시작됐을 때 개가 생겼다고 아이들에게 얘기하려고 했지만 아무도 관심이 없는 눈치였다. 다들 매키 선생님이 칠판에 받아 적을 수 있도록 죄에는 어떤 것이 있는지 외치느라 정신이 없었다.

욕.

친구 괴롭히기.

거짓말.

부모님 말씀을 안 듣는 것.

옥수수 밭을 날아다니는 찌르레기처럼 죄목들이 친교실 안을 날아다녔다.

"찰리."

매키 선생님이 말했다.

"너도 생각나는 게 있니?"

엄마가 새 출발을 하려고 아이들을 두고 떠나는 것도 죄가될 수 있을 것이다. 하지만 그걸 추가할 생각은 없었기에 나는 그냥 "아뇨, 선생님"이라고 했다.

"발로 차고 밀치는 건?"

오드리가 말했다. 그러자 하워드가 내 옆에서 들릴락 말락 하게 중얼거렸다.

"파인애플. 파인애플. 파인애플."

장소가 교회라서 그랬는지 기적이 벌어졌다. 내가 성질을 죽이고 마음을 다스릴 수 있게 된 것이다. 나는 이 기적적인 순간이 유지될 수 있도록 미소를 지으며 입을 꾹 다물었다. 그러자 주일학교 창문을 넘어 들어온 또 다른 기적이 내 어깨에 내려앉더니 나를 쿡쿡 찔러서 이런 말을 하게 만들었다.

"그런 식으로 발로 차고 밀치면 안 되는 거였는데. 오드리, 미안해."

오드리는 내 말을 듣고 당황해서 어쩔 줄 몰라 했다. 눈썹을 추켜세우고 입을 떡 벌리더니 "괜찮아"라고 했다.

주일학교 수업을 마치고 친교실로 가는데 하워드가 내 등을 툭 치며 말했다.

"잘했어, 찰리. 파인애플이라고 하면 효과가 있을 거라고 내가 그랬잖아."

나는 학기가 끝나는 날을 손꼽아 기다렸는데 마침내 그 날이 찾아왔다. 언니의 카우보이 부츠를 신고 깡충깡충 버스 정류장으로 뛰어갔다. 그걸 신으면 덥고 발뒤꿈치에 물집이 잡혔지만 상관없었다. 나는 으쓱으쓱 통로를 걸으며 언니한테 들은 대로 키득거리는 여자애들에게 윙크를 날렸다.

"그냥 애들한테 윙크를 날려."

어느 날 저녁에 언니가 전화로 이렇게 말했다.

"그러면 당황해서 어쩔 줄 몰라 할 거야."

하지만 내가 하워드 옆자리에 앉아서 이모가 만든 바나나 머핀을 건넬 때까지 몇몇 여자애들은 계속 키득거렸다.

"고마워."

하워드는 이렇게 말하고 머핀을 반으로 가르더니 건포도를 골라내 우리 둘 사이의 테이블 위에 쌓기 시작했다.

"위시본이 어제 저녁에 콩밭을 헤집어놓았어."

"저런."

하워드는 머핀을 한 입 먹으면서 얼굴을 찡그렸다. 그러고는 건포도 하나를 뱉어 쌓아놓은 더미에 추가했다.

"거스 아저씨가 펄쩍 뛰었어?"

"아니. 그냥 앞으로는 텃밭에 두지 말라고만 하셨어."

"버서 아주머니는 펄쩍 뛰었어?"

나는 고개를 저었다.

"이모 사촌이 기르던 개가 할아버지의 텃밭에서 옥수수를 날로 먹었다가 배탈이 나서 거의 죽을 뻔했다는 이야기를 들려주셨어."

버스가 구불구불한 산길을 내려가는 동안 나는 롤리에서 다니던 예전 학교를 생각했다. 콜비로 온 지 수십 년은 된 것 같은데 소위 친구라는 애들 중 어느 누구도 소식 한 줄 없었다. 칼린

모건만 반 친구들과 다 같이 견학 갔던 의사당 사진이 담긴 엽서를 보냈다.

너는 안 가서 다행인 줄 알아. 진짜 재미없더라. ♡♡♡

칼린은 이렇게 적었다.

한번은 언니가 영화관에서 걸스카우트 활동을 하는 친구들과 함께 온 앨비나를 만났다고 했다. 앨비나는 내 베스트 프렌드이다.

"걔가 내 소식 물었어?"

내가 물었다.

"아니. 하지만 내가 잘 지내고 있다고 전해줬어."

언니가 말했다.

잘 지내고 있다고?

하!

언니가 그걸 무슨 수로 알 수 있을까? 캐럴 리하고 롤리에서 완벽한 인생을 즐기느라 내 생각은 할 겨를도 없을 텐데. 언니는 이제 전화마저 거의 하지 않았다.

몇 년 전, 내가 3학년이었을 때 쌈닭과 함께 할아버지의 묘지를 찾아간 적이 있었다. 이끼로 뒤덮인 묘비에 **앨버트 유진 리**스라는 이름이 적혀 있었다. 그리고 맨 윗줄에는 '**떠났으나 잊히지는 않은**'이라고 적혀 있었다. 나는 앨버트 할아버지처럼 차

갑고 딱딱한 땅속에 묻히지도 않았는데 떠났고 그리고 잊힌 사람이 되고 말았다.

이모는 자꾸 롤리에서 친하게 지냈던 친구들을 이번 여름에 초대하라고 그랬다. 나는 이모가 기분 나빠할까 봐 아무 소리도 하지 않았지만 한심한 발상 같았다. 여기서 뭘 하며 지내란 말인가? 텃밭에서 호박이 자라는 걸 구경하면서? 저녁 내내 베란다에 앉아 페가수스자리를 보면서? 잠은 또 어디서 자야 할까? 신데렐라 베개가 놓인 내 좁은 침대에 껴서? 아니다. 롤리의 친구들은 여기 콜비를 재미없어 할 것이다.

그날의 마지막 종이 울리자 나는 잽싸게 교실을 빠져나왔다. 날마다 위시본이 기다리는 집으로 돌아가는 순간만을 손꼽아 기다렸다. 이모의 말에 따르면 내가 학교에 있는 동안 녀석은 문 앞에 서서 낑낑거리며 나를 찾는다고 했다.

"진짜야. 가슴에 십자가를 긋고 맹세할 수 있어."

이모가 말했다.

버스가 산을 올라가는 동안 나는 창밖을 내다보았고 하워드는 별이 오토바이를 사는 바람에 엄마가 머리끝까지 화가 났다고 조잘거렸다.

그런데 그때, 길가 전화선 위에 나란히 앉아 있는 세 마리의 새가 내 눈에 들어왔다. 전선 위에 앉아 있는 세 마리의 새도 소원을 빌 수 있는 조건이었다. 쌈닭의 친구 레이 아저씨 말로는 정확히 세 마리여야 한다고 그랬는데 그걸 맞추기가 생각보다 쉬운 일이 아니다. 그래서 나는 한 마리라도 날아가버리기 전에 얼른 소원을 빌었다.

열여섯

"놀라지 마시라."

집에 도착했을 때 이모가 말했다. 이모가 앞치마 주머니에서 봉투를 하나 꺼냈다.

"너희 아빠가 편지를 보냈지 뭐니!"

"진짜요?"

나는 이모의 손에 들린 편지봉투를 빤히 쳐다보았다. 분명 쌈닭의 글씨였다. 초딩이 쓴 것처럼 큼지막하고 비뚤배뚤했다.

나는 위시본에게 목줄을 채우고 현관으로 데리고 나갔다. 텃밭 옆에 놓인 이모부의 정원용 의자에 앉아서 편지를 빤히 내려다보았다.

찰리 리스 양에게

엄마가 편지를 보냈다면 (그럴 일은 없겠지만) 내 짜증을 돋우려고 **샬러메인 리스 양에게**, 라고 적었을 것이다. 그런 다음 내가 없는 새로운 인생을 시작했으니 '이제 안녕'이라고 했겠지.

나는 봉투를 좀 더 열심히 들여다보았다. 한쪽 구석에 **웨이크 카운티 교도소**라고 찍혀 있었다.

교도소라니 감옥보다는 낫게 들렸다. 감옥이라고 하면 한참 동안 갇혀 있어야 할 것 같은 느낌이 들었다. 그런데 교도소에 갔다니 금세 나올 수 있을 것만 같았다.

쌈닭의 로션 냄새가 날까 싶어서 봉투에 대고 코를 킁킁거려보았지만 나지 않았다. 나는 꾸깃꾸깃한 편지를 펼쳐 무릎에 대고 반듯하게 폈다.

찰리에게
쌈닭 아빠가 안부 편지 보낸다.
어떻게 지내니?
나는 잘 지내고 있어.
여기는 괜찮아.
그레이비 소스는 덩어리가 씹히고 베개는 후졌지만.

재키가 초코바랑 치약 들고 면회 왔더라.

너는 이모, 이모부랑 재미있게 지내고 있을 거라 믿는다.

돈이 생기면 좀 보내겠다고 전해드려.

사랑하는

쌈닭이

나는 뒷면에도 뭐가 적혀 있을까 싶어서 편지를 뒤집었다.

아무것도 없었다.

그것으로 끝이었다.

나는 '사랑하는'이라는 단어를 쳐다보았다. 손끝으로 그 단어를 더듬었다. 그런 다음 편지를 접어서 봉투에 다시 넣었다.

다음 날 점심 무렵이 되자 심심해졌다. 위시본과 '앉아, 가만히 있어' 연습을 했다. 이모를 도와서 오크라를 살피며 피클을 만들려면 병이 몇 개 필요할지 가늠했다. 네 잎 클로버가 없는지 베란다 주변을 뒤졌지만 하나도 찾지 못했다. 그런 다음 콩알버터 샌드위치를 위시본과 나누어먹었고 그것으로 끝이었다. 더 이상 할 일이 없었다.

그래서 레니의 자전거를 타고 하워드네 집으로 놀러 가기로 했다. 위시본의 목줄을 핸들에 묶고 출발했다.

도착해서 보니 하워드네 집은 벌집을 쑤셔놓은 양 정신없었다. 코튼은 현관 옆의 그늘진 공간에서 나뭇가지와 돌멩이로 무언가를 만들고 있었다. 벌과 레니는 진입로에서 벌의 오토바이 엔진을 들여다보고 있었다. 그러다 가끔 둘 중 한 명이 렌치로 뭔가를 두드렸다. 드와이트는 마당 끝의 가로등에 매달린 링에 대고 농구공을 던지고 있었다. 그리고 하워드는? 나는 그 애를 본 순간 내 눈을 의심했다. 그 추레한 현관 소파에 앉아서 십자말 퀴즈를 풀고 있었던 것이다! 여름방학 첫날 십자말 퀴즈라니. 뭐 저런 애가 다 있을까?

"안녕."

하워드가 안경을 고쳐 쓰며 말했다. 위시본은 하워드의 옆자리로 뛰어 올라가서 숨을 헐떡이며 드러누웠다.

"안녕."

나는 목에 들러붙은 머리칼을 걷고 손으로 부채질을 했다.

"진짜 덥다."

"성서 수사관 공부할래?"

하워드가 물었다.

성서 수사관이라고?

나는 하마터면 "미쳤어?"라고 되물을 뻔했지만 이번만큼은 내 생각을 고스란히 내뱉지 않고 "아니, 됐어"라고 대답했다.

"내가 성서 동전 몇 개 줄게."

하워드가 말했다. 나는 고개를 저었다.

"괜찮아."

"그럼 뭐하고 싶어?"

나는 어깨를 으쓱했다.

"쌈닭한테 편지를 받았어."

하워드가 똑바로 일어나서 앉았다.

"그래?"

그러고는 십자말 퀴즈를 우리 옆 소파에 내려놓았다.

"감옥에서 보낸 거야?"

"감옥 아니야. 교도소야."

내가 말했다.

"그게 그거지."

"아니야!"

"그게 그거야. 확실해."

"아니라니까!"

내 목소리가 어찌나 우렁찼던지 위시본이 고개를 벌떡 들고서 미친 사람 보듯 나를 쳐다볼 정도였다.

파인애플.

파인애플.

파인애플.

여름방학이 시작된 첫날에 하워드에게 폭발하고 싶지는 않았다.

솔직히 말하면 하워드는 나와 알고 지낸 지 얼마 되지도 않았는데 내 속을 훤히 들여다보았다. 바로 화제를 바꿔서 그냥 "편지를 받았다니 잘됐다"라고 하는 걸 보면 내가 지금 불같은 성질을 다스리느라 안간힘을 쓰고 있다는 것을 안다는 뜻이었다. 하워드는 위시본의 귀 뒤를 긁었다.

"뭐라고 쓰셨어?"

나는 쌈닭이 나를 보고 싶어 한다고, 어서 빨리 석방돼서 나랑 같이 다시 텔레비전 퀴즈 프로그램을 보고 싶어 한다고 얘기하고 싶었다. 식탁에 촛불을 밝히고 엄마를 위해 근사한 저녁을 차려줄 거라고, 라디오에서는 윌리 넬슨의 음악이 흘러나오고 엄마는 쌈닭이 그렇게 좋아했던 빨간 원피스를 입을지 모른다고 얘기하고 싶었다. 그리고 재키 언니가 운전면허를 따면 쌈닭이 자기 차를 내줘서 온 식구가 그걸 타고 시골로 가서 길가 노점에서 파는 옥수수와 딸기를 살 거라고 얘기하고 싶었다. 그런 다음 집으로 돌아와 마당에서 바비큐 파티를 열 거라고. 심지어 서로 손을 잡고 너희 가족처럼 기도를 할지 모른다고. 하지만 나는 그렇게 얘기하지 않았다. 진실을 밝혔다.

"거기 그레이비 소스는 덩어리가 씹히고 베개는 후졌대."

"안됐다."

나는 하마터면 쌈닭이 편지에 끝인사를 하면서 사랑이라는 단어를 썼다고 말할 뻔했지만 날마다 사랑을 듬뿍 받는 아이에게는 한심한 자랑처럼 들릴 것 같아 그만두었다.

"어쩌면 우리 엄마가 나중에 너희 아빠한테 보내라고 쿠키 만드는 걸 도와주실지 몰라."

"진짜?"

"그럼."

하워드가 말했다.

"개울 있는 데 가볼래?"

"그래."

나와 하워드와 위시본은 차고 뒤로 건너가서 서늘하고 축축한 숲속으로 구불구불 이어지는 좁은 오솔길을 따라 걸었다. 공기 중에 감도는 흙냄새와 이끼 냄새, 길가를 따라서 고개를 숙인 고사리의 부드러운 간질임이 좋았다. 위시본은 나를 따라 걷다가 가끔 걸음을 멈추고 썩은 낙엽 더미로 덮인 나무나 뿌리를 쿵쿵거렸다. 녀석이 예전에 이 길을 지난 적이 있을지 궁금해졌다. 녀석은 이 숲을 어느 누구보다 잘 알 것 같았다. 어쩌면 여기 이 나무 아래에서 잠을 잤을지도 모른다.

나는 위시본의 목줄을 벗겨서 자유롭게 달릴 수 있도록 녀석을 풀어주고 싶었지만 겁이 났다. 녀석이 나한테 싫증이 났다며, 다시 떠돌이로 살겠다고 도망쳐버리면 어쩔 것인가.

　개울에 도착하자 위시본은 나를 거의 끌고 가다시피 해서 콸콸 흐르는 맑은 물속으로 뛰어들었다. 하워드와 나는 신발을 벗고 이 돌에서 저 돌로 건너다녔고 위시본은 차가운 개울 속에 들어가 껑충거리느라 물을 사방으로 튀겼다.

　"기분 좋다."

　내가 말했다.

　"맞아."

　하워드가 미끄러운 돌 위에서 하도 뒤뚱거려서 금방이라도 넘어질까 불안했는데 괜한 걱정이었다. 위시본은 바위 사이를 쏜살같이 가르는 조그마한 피라미를 잡으려고 우스꽝스럽게 깽깽거리며 개울물을 덥석거렸다.

　"저 녀석 좀 봐!"

　하워드와 내가 동시에 외쳤다. 나는 딛고 서 있던 바위에서 개울가로 점프해 하워드에게 손짓했다.

　"얼른 와. 새끼손가락 걸자."

　나는 큰 소리로 외쳤다.

　"뭐라고?"

"새끼손가락 걸자고."

내가 말했다.

"우리 둘 다 소원을 빌어야 하거든."

"그래?"

나는 고개를 끄덕였다.

"두 사람이 동시에 같은 말을 하면 새끼손가락을 걸고 소원을 비는 거야. 언니가 가르쳐줬어."

하워드는 개울가로 점프했고 우리는 새끼손가락을 걸었다. 나는 눈을 감고 소원을 빌었다.

"소원 빌었어?"

내가 물었다.

"아니."

"왜?"

하워드가 허리를 숙여서 물속을 휘젓자 피라미들이 잽싸게 도망을 쳤다.

"빌 소원이 없어서."

나는 고개를 저었다. 어떻게 빌 소원이 없을 수 있을까? 손가락에 난 사마귀가 없어졌으면 좋겠다든지, 아니면 아침으로 오트밀을 그만 먹었으면 좋겠다든지 뭐라도 소원을 빌 거리가 있지 않겠는가 말이다.

"맙소사, 하워드. 뭐라도 있을 거 아냐."

"사실 빌고 싶은 게 하나 있긴 해."

하워드가 말했다. 그래서 우리는 다시 새끼손가락을 걸었고 하워드는 눈을 감았다.

"소원 빌었어?"

내가 물었다.

"응."

"뭔지 알겠다."

"말하면 안 되잖아. 그럼 이루어지지 않으니까. 기억 안 나?"

"맞아, **너는** 말하면 안 되지. 하지만 **나는** 괜찮아. 나는 네 소원에 대해 말해도 상관없어."

내가 말했다. 정말 그래도 되는지 알 수 없었지만 아마 그럴 것 같았다.

"내 짐작이 맞았는지 틀렸는지, 그것만 얘기하지 않으면 돼."

내가 말했다.

"알았어."

"그렇게 위아래로 절뚝거리면서 걷지 않게 해달라고 했지?"

그 말이 내 입을 떠난 순간, 면도날처럼 빠르고 날카롭게 공기를 가르며 하워드를 향해 돌진하는 단어들이 실제로 내 눈에 보일 정도였다.

하워드의 얼굴이 유령처럼 하얘졌고 시선은 툭 하니 땅바닥으로 떨어졌다.

내가 무슨 짓을 한 걸까?

내가 왜 그런 소리를 했을까?

그 모진 말을 회수하고 싶은 마음이 굴뚝같았지만 그럴 방법이 없다는 것을 나는 알았다.

문득 모든 시간의 흐름이 멈추어버린 것처럼 느껴졌다. 완전히 멎어서 꼼짝하지 않는 것처럼 느껴졌다. 개울물은 더 이상 흐르지 않고 새들은 더 이상 지저귀지 않는 것 같았다. 머리 위의 구름은 더 이상 산마루를 넘어서 흘러가지 않는 것 같았다. 심지어 위시본마저 동상처럼 내 옆에서 꼼짝하지 않았다.

잠시 후에 하워드가 그 얼어붙은 시간의 장막을 깨고 신발을 집더니 부끄럽고 마음이 무거워진 나를 그 자리에 남겨둔 채 자기 집을 향해 오솔길을 되짚어갔다.

나는 개울가에 앉아서 신세 한탄 파티를 열었다. 내가 풀이 죽어 있으면 언니가 그런 표현을 썼다.

"제발 부탁이다, 찰리. 신세 한탄 파티 좀 그만해."

하지만 어쩔 수가 없었다. 콜비에서 유일하게 나에게 잘해주는 아이한테 나는 왜 그렇게 못된 말을 했을까? 자기 성서 동전도 나눠주고 쌈닭에게 쿠키도 만들어서 보내자고 한 아이인데.

내 고민에 기꺼이 귀를 기울여준 아이인데.

나는 고민거리들로 가득한 빨랫줄에 고민 하나를 더 추가하는 내 모습을 그려보았다. 개울가에 계속 앉아서 오늘 하루가 어쩌다 이렇게 엉망진창이 되어버렸을까 생각하며 자기 연민 속에서 허우적거렸다. 그때 엎친 데 덮친 격으로 상황이 악화됐다. 조그만 얼룩다람쥐가 개울가의 썩은 통나무에서 튀어나오자 위시본이 쏜살같이 뒤쫓아간 것이다. 내 손에 쥐어져 있던 목줄도 덩달아 튀어나갔다. 내가 몸을 일으키기도 전에 위시본은 숲속으로 사라져버렸다.

열일곱

나는 날이 거의 저물 때까지 숲속을 뒤졌다. 목이 아플 때까지 위시본의 이름을 불렀다. 다리가 아플 때까지 길가를 오르락내리락했다. 그러다 결국에는 그날 오후부터 마당에 세워둔 레니의 자전거를 찾으러 하워드의 집으로 갔다. 다 같이 웃고 버터 좀 달라는 둥 그런 얘기를 하며 저녁을 먹는 오덤 가족의 목소리가 집 안에서 들렸다. 식탁을 사이에 두고 옹기종기 모여 앉은 그들의 모습을 그려보았다. 서로 옆구리를 찌르며 마지막 비스킷을 향해 손을 내미는 아이들. 닭을 더 튀기러 가면서 아이들의 정수리에 입을 맞추는 오덤 부인. 행복한 가족을 바라보며 눈을 반짝이는 오덤 아저씨. 하워드가 자기 소원을 두고 내가 뭐라고 했는지 가족들에게 얘기했을까. 만약 했다면 마음씨 착한 오덤 가족이 이제 나를 어떻게 생각할까?

나는 집에 도착하자마자 내 방으로 직행해서 평생을 통틀어 가장 성대한 신세 한탄 파티를 열었다. 침대 옆 바닥에 놓인 위시본의 베개 위에 누워서 녀석의 냄새를 맡으며 울다가 잠이 들었다.

나는 이모가 내 이름을 속삭이는 소리를 듣고 잠에서 깼다. 반쯤 열린 방문 사이로 거실의 희미한 불빛이 흘러들어올 뿐 방 안은 어두컴컴했다.

나는 잽싸게 눈을 감고 계속 자는 척했다. 그날 하루 동안 어떤 일이 있었는지 이모에게 얘기할 생각만 해도 끔찍했다. 내 개로 지내기 싫어진 위시본이 어떤 식으로 달아나버렸는지. 하워드에게 어떤 모진 말을 했는지.

그러면 이모가 나갈 줄 알았는데 아니었다. 나를 살짝 흔들며 다시 내 이름을 불렀다.

"가서 저녁 좀 먹자."

이모가 말했다.

"배 안 고파요."

나는 베개에 대고 중얼거렸다.

"네가 좋아하는 메뉴야. 치즈하고 베이컨을 넣어서 끓인 옥수수 수프."

이모가 말했다. 나는 고개를 저었다. 토라진 아이가 된 듯한 심정이었다. 심지어 엄지손가락을 빨고 싶은 충동까지 느껴졌다. 내가 롤리에서 이런 식으로 굴면 엄마는 "그렇게 계속 애기처럼 칭얼거리면 한 대 맞을 줄 알아"라고 했다.

하지만 이모는 이렇게 말했다.

"있잖아, 재수 없는 날을 보냈을 때 옥수수 수프를 먹으면 기분이 좋아질 수도 있어."

그러면서 팔꿈치로 나를 살짝 찔렀다.

"나도 경험해봐서 알거든."

나는 일어나서 무릎을 끌어안았다. 이모 쪽으로 몸을 살짝 기울여서 서로의 몸이 닿게 했다. 팔과 팔이. 무릎과 무릎이. 이모는 하루 종일 부엌에서 지내는 사람의 냄새를 풍겼다. 베이컨과 커피와 계피 냄새가 났다. 하지만 겉모습은 하루 종일 밖에서 지내는 사람 같았다. 팔은 까무잡잡하고 거친 가죽 같았다. 손톱 밑은 시커멨다.

"위시본이 떠났어요."

나는 속삭였다. 이모는 고개를 끄덕이며 삐져나온 내 머리칼 몇 가닥을 귀 뒤로 넘겨주었다.

"이모부가 밖에서 찾고 있어."

이모가 말했다.

"이모부는 믿음직한 사람이잖니."

내 심장 속에서 티끌만 한 희망의 빛이 반짝였다. 나는 이모의 말이 맞다는 것을 알았다. 이모부는 정말이지 믿음직한 사람인 것 같았다.

"하지만 위시본이 다시 떠돌이로 지내고 싶어 하면 어떻게 해요?"

내가 물었다. 이모는 허리를 똑바로 펴고 앉아서 내 볼을 양손으로 감쌌다.

"찰리 리스. 그 개가 행운을 보고도 그게 행운인지 모를 것 같니?"

이모가 말했다.

"무슨 행운이요?"

나는 토라진 아이 같은 목소리로 물었다. 이모는 손가락으로 꼽아가며 번호를 매겼다.

"첫째, 아침으로 볼로냐를 먹는다. 둘째, 베개에서 잔다. 셋째, 천사에게 사랑을 듬뿍 받는다."

천사?

하!

이제 그 천사의 이미지를 깨뜨려야 하는 시점이 찾아왔다.

"하워드한테 못된 말을 했어요."

나는 중얼거렸다. 정적이 흘렀다.

이모에게 굳이 그런 이야기를 한 이유가 뭐였을까? 나는 그 말도 다시 거두고 싶었다. 잠자리채로 나비를 잡듯 주워 담고 싶었다. 이모의 눈에는 천사로 남고 싶었다.

불길한 생각이 퍼뜩 떠올랐다. 개들은 무조건적으로 주인을 사랑한다는 이모의 말이 틀렸으면 어쩌지? 위시본이 내가 못된 아이라는 걸 알아차리고 그 때문에 도망친 거라면 어쩌지?

내 살과 맞닿은 이모의 따뜻한 살결이 느껴졌다. 정적이 흐르는 그 조그만 방 안에서 이모의 부드러운 숨소리가 들렸다. 마침내 이모가 내 무릎을 툭 치며 말했다.

"옥수수 수프 좀 먹는 게 좋겠다."

나는 다음 날 눈을 뜨자마자 바닥에 놓인 베개를 내려다보았고 위시본이 거기 누워 있길 간절히 바랐다.

하지만 위시본은 없었다.

나는 부엌으로 달려갔다. 이모가 식탁에서 콩 껍질을 벗기고 있었다.

"이모부 어디 있어요?"

내가 물었다.

"출근했어."

나는 이모의 맞은편 의자에 털썩 주저앉았다.

"위시본을 찾지 못하신 모양이네요."

이모는 슬픈 눈으로 나를 쳐다보며 고개를 끄덕였다.

"응, 못 찾았어. 하지만 퇴근하면 나가서 같이 찾아보자고 얘기 전해 달랬어. 그이가 간밤에 덫을 설치했고 내가 그 안에 먹다 남은 음식들을 좀 넣었으니까 그걸 감시하고 있어도 돼. 그리고 위시본 목걸이에 이름표를 달았잖니. 그 녀석을 본 사람이 있으면 우리한테 연락할 거야."

이모는 시리얼 상자를 내 쪽으로 밀었다.

"아침 먹으렴."

하지만 속이 이렇게 단단히 뭉쳤는데 무슨 수로 아침을 먹을 수 있을까? 이모는 가끔 고개를 들어서 흘끗 나를 쳐다보았고 그럴 때마다 나는 잽싸게 시선을 돌려야 했다. 저쪽에 앉은 이모는 나를 천사로 여겼지만 이쪽에 앉은 나는 천사와 거리가 멀어도 한참 먼 듯한 느낌이었다.

"하워드한테 무슨 못된 말을 했는지 안 물어보실 거예요?"

나는 이모에게 물었다. 이모는 고개를 끄덕였다.

"응. 안 물어볼 거야."

"왜요?"

이모는 콩 한 줌을 그릇으로 던지고 내 쪽으로 몸을 숙였다.

"찰리."

이모가 말했다.

"저지른 잘못을 기준으로 사람들을 판단하면 안 돼. 어떤 식으로 잘못을 바로잡으려고 하는지를 기준으로 판단해야지."

이모는 식탁 너머로 손을 뻗어서 내 손을 토닥였다.

"게다가 나는 주워 담고 싶은 말을 한 적이 없는 줄 아니?"

이모는 윙크를 했다.

"내 말 못 믿겠거든 이모부한테 물어봐."

이모 같은 수다쟁이는 지금까지 살아오는 동안 아주 많은 말을 했을 것이다. 하지만 내가 한 말처럼 못된 말은 한 번도 한 적 없을 거라고 장담할 수 있다. 못됐다는 단어와 이모는 어울리지 않았다.

"이제 옷 갈아입고 위시본 문제를 어떻게 하면 좋을지 같이 고민하지 않을래?"

이모가 말했다. 하지만 이 비참한 하루를 어떤 식으로 시작하면 좋을지 미처 생각하지도 못했는데 누군가가 현관에 달린 방충망 문을 두드렸다. 방문객의 정체를 알았을 때 내가 얼마나 놀랐는지 모른다. 하워드였던 것이다!

나는 머리에 커다란 까치집을 이고 잠옷을 입은 채 맨발로 서서 무슨 말을 하면 좋을지 고민만 했다. 그런데 이모가 냉큼 끼어들었다.

"어머나, 이게 누구니. 찰리!"

이모는 문을 열어주었다.

"하워드 오덤이 계피 토스트를 먹으러 왔네."

이모가 말했다.

"그게 아니면 시리얼. 아니면 달걀. 아니면 옥수수 수프. 옥수수 수프 좀 먹을래, 하워드?"

하워드는 안으로 들어와서 고개를 저었다.

"괜찮아요, 아주머니."

그러더니 나를 돌아보며 물었다.

"산딸기 따러 갈래?"

하워드는 뚜껑을 자른 빈 우유 통을 들어 보였다.

"어디 가면 많은지 알아."

"음···."

나는 눈앞을 덮은 머리카락을 치웠다.

"나는···, 음···."

"가서 산딸기 따오렴."

이모가 말했다.

"여기는 내가 잘 감시하고 있을 테니까."

이모는 마당 끝에 설치한 덫을 턱으로 가리켰다.

순간 나는 소파에 주저앉아서 슬픔의 바다 속으로 빠져들었고 위시본이 달아나버렸다고 하워드에게 이야기했다. 이야기가 끝날 무렵에는 털썩 쓰러져서 울고 싶은 마음뿐이었지만 하워드는 "여기 앉아서 뭐하는 거야? 나가서 찾아야지!"라고 말했다. 그러고는 밖으로 나가서 자전거를 잡는 바람에 나도 방으로 달려가서 옷을 갈아입고 잽싸게 하워드를 따라 나설 수밖에 없었다.

열여덟

하워드와 나는 오전 내내 자전거로 그 산길을 오르락내리락했다. 숲속을 헤치고 빽빽한 관목을 에두르고 가시덤불을 넘었다. 하워드의 집 뒤편에 있는 개울은 세 번이나 찾아가서 녀석의 이름을 외치고 휘파람을 불었다. 현관을 들여다보고 창고 문을 열어보고 헛간을 뱅뱅 돌았다. 점심시간이 되자 작열하는 여름 태양으로 아스팔트가 군데군데 녹았고 땀방울이 우리 등줄기를 타고 흘러내렸다.

우리는 서로 별말을 하지 않았지만 그래도 상관없었다. 나는 하워드의 소원을 두고 그런 말을 한 것에 대해서 어떤 식으로 사과할지 속으로 몇 번이고 고민에 고민을 거듭했다. 하지만 적

당한 시점이 찾아오면 입안이 마르고 목구멍이 조여져서 하려고 했던 말들이 안에 갇혀버렸다.

이모네 집으로 몇 번이고 돌아가서 덫을 확인했지만 먹다 남은 음식들은 여전히 그릇 안에 담겨 있었다. 우리는 하워드네 현관 소파에 앉아서 종이접시를 무릎에 올려놓고 점심으로 비엔나소시지와 차가운 돼지고기와 콩을 먹었다. 드와이트와 코튼은 마당에서 우체통에 대고 돌을 던졌다. 돌이 금속 우체통에 맞으면 요란하게 탱 하는 소리가 났고 옆면이 살짝 파였다.

오딤 부인이 나와서 두 아이에게 그만하라고 말하고 소파에 앉아서 나에게 걱정 말라고 했다. 위시본은 분명 돌아올 거라고 하면서.

"긍정적으로 생각해야지."

오딤 부인이 말했다.

"네, 아주머니."

나는 중얼거렸다.

오딤 부인은 내가 하워드에게 그렇게 못된 말을 했다는 걸 알고 있을까? 만약 안다면 더 이상 나를 자기 팀원으로 삼고 싶지 않을 것이다.

그날 오후에 벌이 우리를 태우고 시내로 나가서 주차장과 쓰레기통을 찾아보게 해주었다. 드와이트와 레니가 '잃어버린 개를 찾습니다' 포스터를 만들어주었기에 전봇대와 울타리 기둥에 붙였다.

하워드와 나는 거의 저녁 먹을 시간이 다 됐을 때 자전거를 타고 이모네 집으로 돌아가서 다시 한번 덫을 살폈다. 그런 다음 텃밭 옆의 정원용 의자에 앉아서 금잔화 위로 날아다니는 잠자리들을 구경했다.

나는 속으로 이렇게 중얼거렸다.

"하워드, 네 소원에 대해서 그렇게 얘기했던 거 미안해. 위아래로 절뚝거리면서 걷는다는 둥 어쩌고 했던 거 말이야."

그런 다음 이렇게 중얼거렸다.

"망할, 네가 위아래로 절뚝거리면서 걷거나 말거나 신경 쓰는 사람은 아무도 없는데 말이지."

하지만 하워드는 내 말이 새빨간 거짓말이라는 사실을 알아차릴 것이다. 발야구에도 끼워주지 않고 자신이 투명인간이라도 되는 것처럼 새치기하는 아이들을 수없이 보아왔을 테니 말이다.

그래서 나는 수많은 생각들로 어지러운 머리를 달래며 아무 말 없이 앉아 있었다. 어쩌면 하워드는 내가 한 말을 신경 쓰지 않을 수도 있었다. 계속 나한테 잘해주지 않는가. 위시본 찾는 일도 도와주고 말이다.

"너 정말 처량해 보인다."

하워드가 말했다.

처량하다는 단어를 실제로 쓰는 아이가 이 세상을 통틀어서 하워드 말고 또 있을까. 하지만 내 심정을 표현하기에 딱 알맞은 단어였다.

처량하다.

저녁을 먹기 직전에 재키 언니가 전화해서 감옥으로 쌈닭 면회를 갔는데 문신을 새겼더라고 전했다.

"뭘 새겼는지 궁금하지도 않아?"

내가 아무 말도 하지 않자 언니가 물었다.

"어, 궁금해."

"새였어. 새장에 갇힌 찌르레기. 손등에다 새겼더라고. 엄청나지 않니?"

"그러게."

그러고 나서 언니는 고등학교를 졸업한 게 마냥 좋지만은 않다는 둥, 와플 가게에서 일하는 게 얼마나 싫은지 모른다는 둥 장광설을 늘어놓았다.

"사람들이 테이블을 시럽 범벅으로 만들고 가거든. 그리고 우는 아이들을 유아용 의자에 털썩 앉혀놓고 자기들이 주문한 블루베리 와플을 내가 1분 내로 갖다 주길 바라고."

언니는 또 남자친구 아를로가 차를 박살냈고 이제 보니 한심한 인간이었다고 했다.

"그 자식이 달라 제이콥스랑 쇼핑몰에 있는 걸 캐럴 리가 봤다지 뭐야. 그래서 내가 이제 너하고는 바이바이다, 이 재수 없는 놈아, 하고는…"

"위시본 안부는 안 물어볼 거야?"

내가 말했다.

"뭐라고?"

나는 예전에 언니가 전화했을 때 위시본에 대해서 시시콜콜 알려주었다. 얼마나 똑똑한지, 어떤 식으로 앉는 법과 가만히 있는 법을 배웠는지, 어떤 식으로 내 침대 옆에서 사는지.

"위시본. 내가 키우는 개 말이야. 그 녀석 안부는 묻지 않을 참이야?"

내가 말했다.

"아, 그래, 맞다. 위시본은 잘 있지?"

언니가 그제야 물었다.

"없어졌어!"

나는 울부짖었다.

"없어졌다고."

나는 녀석이 달아나버렸다고, 온 사방을 뒤졌지만 나랑 같이 살기보다 떠돌이로 지내는 게 더 좋은 모양이라고 비참한 사연을 토하듯이 쏟아냈다. 그만하고 싶었지만 그만할 수가 없었다. 그 녀석도 다른 모든 사람들처럼 나를 원하지 않았던 거라고, 내가 다람쥐 고기를 먹는 촌닭들과 여기 콜비에 처박혀 있는 동안 언니는 완벽한 인생을 즐겼으면 좋겠다고 했다. 그런 다음 전화를 끊고 바닥에 앉아서 벽에 등을 기댔다. 부엌에서 화로에 얹어놓은 뭔가를 저으며 내 말을 못 들은 척하는 이모의 모습이 보였다.

전화벨이 다시 울렸지만 나는 전화기를 손에 쥔 채 쳐다보기만 했다.

이모가 젓던 것을 멈추었다.

따르릉.

따르릉.

따르릉.

"여보세요?"

나는 떨리는 목소리로 전화를 받았다.

"찰리…"

부드럽고 흔들림 없는 언니의 목소리가 전화선을 타고 롤리에서 콜비로 전해졌다. 나는 그 목소리가 캐럴 리의 멋들어진 벽돌집에서 고속도로를 타고 나무를 넘고 구불구불한 길을 오르고 자갈길이 깔린 진입로를 지나서 산비탈에 자리 잡은 이 조 그만 집 안으로 들어와, 바닥에 앉아서 그 목소리를 들어야 하 는 나에게로 마침내 전해지는 광경을 그려보았다.

"위시본 일은 속상하다."

언니가 말했다.

"진심이야. 돌아오길 바랄게."

나는 파리 한 마리가 방충망에서 천장에 달린 등으로 쌩하니 날아가는 모습을 바라보았다.

"찰리?"

언니가 말했다.

"왜?"

"이 모든 상황을 받아들이기 힘들 거라는 거 알아."

상황?

그게 뭐였더라? 상황이라니?

"엄마는 괜찮아지고 있는 것 같아. 어제 엄마랑 얘기했는데 좀 괜찮아지신 것 같더라."

언니가 말했다.

그게 무슨 뜻일까? 침대에서 일어났다는 걸까? 정신을 추슬 렀다는 걸까? 나에 대해서 조금 관심이 생겼다는 걸까? 이제 내 가 롤리로 돌아가면 망가졌던 우리 가족은 불현듯 사라지고 그 자리에 서로 손을 잡고 기도하며 축복하는 진짜 가족이 등장한다는 걸까?

"조만간 내가 널 만나러 갈 수 있을지 몰라."

언니는 말을 이었다.

"이삼 주 안으로 운전면허증을 딸 거거든. 내가 얘기했지? 그리고 캐럴 리가 졸업 선물로 차를 받았어. 엄청나지? 이 지겨운 일에서 좀 벗어날 수 있으면 내가 콜비로 찾아갈 수 있겠다. 그럼 애슈빌에 가서 같이 놀자. 거기 채식 식당이 있대. 너도 알고 있었어? 내가 채식주의자가 될까 생각 중인데…"

언니는 우리 둘이서 할 수 있는 온갖 일들에 대해 조잘거렸지만 언니가 언니의 완벽한 생활로 돌아가면 나는 개도 없이 이곳에 그대로 남겨져서 하워드에게 못되게 군 일을 후회하며 지내야 한다는 점에 대해서는 일언반구도 없었다.

그날 저녁에 이모부가 퇴근하자 우리 셋은 차를 몰고 위시본을 찾으러 다녔다. 학교를 지나서 식당까지 찾아갔다. 이동식 주택 주차장을 관통하고 골목길을 누볐다. 그렇게 돌아다니는 동안 이모는 신문에서 읽은 적이 있다며 노스캐롤라이나에서 밴을 타고 가다 뒷좌석에서 떨어졌는데 인디애나의 자기 집까지 찾아간 개 이야기를 들려주었다.

"거의 이천삼백 킬로미터를 말이야!"

이모가 말했다.

"그 가족이 매기 밸리로 휴가를 떠난 참이었거든. 엄청나지 않니?"

이모부는 아무 말 없이 이쑤시개를 입 이쪽에서 저쪽으로 옮기며 길가와 주차장을 훑어볼 따름이었다. 그러면서 가끔 "걱정 마라, 콩알아. 녀석을 찾을 테니까"라고 했다. 하지만 나는 이제 소원을 바꿀 때가 되었을지 모른다는 생각을 하고 있었다. 다음번에 기회가 생기면 개가 돌아왔으면 좋겠다고 빌어야 할지 모를 일이었다.

결국 앞이 거의 안 보일 정도로 날이 어두워지자 우리는 집으로 향했다. 진입로로 접어들자 낡은 차가 구덩이를 지날 때마다 덜커덩거리며 비명을 질렀다. 타이어가 자갈을 우두둑 밟는 소리가 잠잠한 저녁 하늘에 메아리쳤다. 전조등 불빛이 진입로 옆에 심은 칼미아와 아로니아를 비추며 춤을 추었다.

마침내 집이 시야에 들어왔을 때 나는 눈앞에 펼쳐진 광경을 보고 심장이 튀어나오는 줄 알았다.

위시본이 목줄을 질질 끌고 꼬리를 흔들며 우리를 향해 총총히 다가왔던 것이다.

열아홉

위시본은 일주일 내내 저녁으로 간 소시지와 스크램블드에 그를 먹었다. 몸을 뒤집고 뱅글뱅글 돌고 코로 비스킷을 던져서 받는 법을 배웠다. 그리고 이제는 내 침대 옆 바닥에서 자지 않았다. 나와 함께 침대에서 잤다. 녀석의 입에서 간 소시지 냄새가 나도 나는 전혀 아무렇지 않았다. 녀석의 부드럽고 따뜻한 털이 좋았고 녀석을 끌어안으면 내 뺨을 두드리는 심장 박동의 느낌이 좋았다.

매일 저녁식사를 끝낸 뒤에 나와 이모와 이모부가 베란다에 앉아 있으면 위시본은 만족감에 젖어서 코를 골았고 나는 녀석의 따뜻한 등에 대고 맨발을 비볐다. 위시본은 가끔 벌떡 일어나 숲속에서 들리는 소리을 향해 짖을 때도 있었다. 너구리나 주머니쥐나 나뭇잎이 바스락거리는 소리에도 그랬다.

"이 녀석은 행복한 개다, 콩알아."

이모부는 입버릇처럼 말했다. 그러면 이모는 이모부가 키웠던 스키터 이야기를 더 들려달라며 이모부의 옆구리를 찔렀다.

"다 같이 고기 잡으러 나갔을 때 스키터가 강에 빠지는 바람에 당신 형이 뒤따라 뛰어들었다가 보트가 뒤집힌 얘기 어때?"

이모부는 피식 웃었지만 이모부가 뭐라고 한마디 하기도 전에 이모가 다시 입을 열었다.

"아, 맞다! 당신 누나가 스키터한테 걸스카우트 단복 입혔던 얘기해주면 되겠다."

나는 위시본을 데리고 오덤 가족의 집을 거의 매일 찾아갔다. 걸음걸이에 대해 그런 소리를 해서 미안하다고 하워드에게 아직 사과하지 않았기 때문에 나는 늘 마음 한구석이 불편했다. 하워드는 전혀 티를 내지 않고 우리 둘 사이에 아무 일도 없었던 것처럼 굴었다. 그래도 나는 용기를 내지 못하는 나 자신에게 화가 났다. 어떤 식으로 잘못을 바로잡으려고 하는지를 기준으로 사람들을 판단해야 한다던 이모의 말이 계속 떠올랐고 나는 내 잘못을 바로잡지 못하고 있다는 생각이 들었다.

위시본과 내가 하워드네 집을 찾아갈 때마다 어느 한 명이

인사를 건네며 들어오라고 손짓했고 그러면 나는 회오리바람에 휩쓸리기라도 하는 것처럼 그 가족 속으로 빨려 들어갔다.

하워드와 내가 선풍기가 돌아가는 부엌의 식탁에서 인도 주사위 놀이를 하는 동안 위시본은 바닥에 떨어진 크래커나 엎질러진 주스를 찾아다녔다. 코튼이 선풍기 바로 앞에 얼굴을 대고 타잔처럼 고함을 지르면 목소리가 흔들려서 너나할 것 없이 웃음보가 터졌다.

벌과 레니가 들어와서 토마토 샌드위치를 만들면 온 사방에 시커먼 기름투성이 손자국이 남았다. 그 둘은 진종일 이런저런 엔진을 만지작거리는 눈치였다. 자동차. 오토바이. 잔디 깎는 기계. 가끔 방충망이 달린 문 너머로 욕이 들리면 오덤 부인이 씩씩거리며 마당으로 나가서 그런 말을 쓰지 못하게 했다.

드와이트는 YMCA 야구 캠프에 다녀서 벌건 흙과 땀범벅으로 돌아왔다. 드와이트와 코튼은 거의 날마다 서로 소파 쿠션을 던지며 레슬링 경기 비슷한 걸 벌였는데 막판에는 코튼이 징징거리며 오덤 부인에게 달려가기 일쑤였다.

너무 더운 날이면 하워드와 나는 이마에 얼음주머니를 얹고 현관에 누워서 실없는 농담을 주고받았다. 하루는 오덤 아저씨가 트럭 바닥에 방수포를 깔고 물로 채워준 적이 있었다. 우리는 반바지에 티셔츠 차림으로 거기 앉아서 얼린 주스를 먹었다.

"진짜 수영장에 갔으면 좋겠다."

하워드가 말했다.

"난 롤리로 돌아가면 작년 여름처럼 수영 강습을 받을 거야."

내가 말했다.

"언제 롤리로 돌아가는데?"

나는 어깨를 으쓱했다.

"잘 몰라. 그냥… 돌아가게 되면…"

"계속 콜비에서 지내면 아빠가 하루 날 잡아서 우릴 호수까지 태워다줄지 몰라."

하워드가 말했다.

"위시본도 데려갈 수 있어. 위시본도 수영 좋아할 거야."

"그렇겠지."

"우리, 개울로 놀러가자."

하워드가 말했다. 나는 한숨을 쉬었다. 하워드는 나를 다시 그 개울로 데려가려고 며칠째 노력하는 중이었지만 나는 불안했다.

"위시본이 또 도망치면 어떡해?"

내가 말했다.

"줄을 꽉 잡고 있으면 돼."

하워드가 말했다.

"그런데 찰리, 위시본은 도망치고 싶지 않을 거야. 지난번에는 실수한 거였다고."

하워드는 위시본에게 짭짤한 크래커를 던져주었다.

"돌아왔잖아, 안 그래?"

결국 나는 알았다고 했고 우리 셋은 개울을 향해 오솔길을 터벅터벅 걸어 내려갔다. 양치식물들이 우리 다리를 간질였고 위시본은 아무리 사소한 거라도 보일 때마다 코를 킁킁거렸다. 하지만 막상 도착하고 보니 마음이 불편하고 무거워졌다. 이끼 낀 돌멩이 사이를 쏜살같이 가르는 조그만 은색 피라미들이 보이는 게 아니라 내가 "그렇게 위아래로 절뚝거리면서 걷지 않게 해달라고 했지?"라고 물었을 때 하워드가 지었던 표정이 눈앞에서 아른거렸다. 하워드는 더 이상 신경 쓰지 않는 것처럼 굴었지만 내 입장에서는 그 말들이 먹구름처럼 우리 둘 사이에 드리워져 있었다.

나는 개울 속으로 돌멩이를 던지고 수면에 이는 잔물결과 흩어지는 피라미들을 바라보았다.

"그런 말했던 거 미안해, 하워드."

하워드가 살짝 어리둥절한 표정을 짓자 나는 덧붙였다.

"그렇게 위아래로 절뚝거리면서 걷지 않게 해달라고 빌지 않았느냐고 물었던 거."

"아."

하워드도 덩달아 개울에 돌멩이를 던졌고 위시본이 그걸 쫓아서 물속으로 뛰어들자 사방으로 차가운 물보라가 튀었다.

"못된 말이었다는 거 알아. 미안해."

내가 말했다.

나는 하워드가 "괜찮아"라고 말하길 기다렸지만 하워드는 그러지 않았다.

아니면 "신경 쓸 필요 없어"라고 말하길 기다렸지만 그러지 않았다.

아니면 "아, 찰리, 나는 다 잊어버렸어"라고 말하길 기다렸지만 그러지 않았다.

하워드는 한참 동안 아무 말도 하지 않다가 어깨를 으쓱하고는 이렇게 말했다.

"내 걸음걸이를 두고 애들이 하는 못된 말이라면 지겹도록 들었어."

아야!

심장이 찔려서 아프다, 하워드!

콜비의 다른 가증스러운 아이들과 함께 못된 아이 명단에 내 이름을 적어.

나 같은 벌레는 진흙 속에 처박아버려.

나는 나무에서 바위에서 개울에서 양치식물로 시선을 옮기며 뭐라고 대꾸하면 좋을지 열심히 고민했다. 그러다 발견했다. 개울 옆의 낙엽과 솔잎 속에 숨은 찌르레기 깃털을.

"이것 좀 봐!"

나는 깃털을 잡아서 하워드가 볼 수 있게 들어 보였다.

하워드는 주근깨가 박힌 콧잔등 위로 안경을 추켜올리며 실눈을 떴다.

"여기에 대고 소원을 빌 수 있어."

내가 말했다.

"이걸 땅바닥에 꽂고 소원을 빌면 돼."

나는 깃털을 하워드에게 내밀었다.

"자. 받아. 소원을 빌어."

하워드는 고개를 저었다.

"됐어."

"왜?"

하워드는 안경을 벗어서 셔츠 자락으로 거기에 묻은 물방울을 닦았다. 그런 다음 안경을 다시 쓰면서 말했다.

"내 소원이 절대 이루어질 리 없다는 걸 아니까."

아니, 긍정의 화신인 하워드가 그런 말을 하다니 놀라운 일이었다.

"네가 그걸 어떻게 알아?"

내가 물었다.

"그냥 알아."

"하지만 나를 봐."

내가 말했다.

"나는 4학년 때부터 날마다 같은 소원을 빌고 있지만 아직도 이루어지지 않았잖아."

나는 위시본의 축축한 정수리를 쓰다듬었다.

"그래도 열심히 빌면 언젠가는 이루어질 거라고 생각해."

"나도 이루어지길 바랄게."

하워드가 말했다.

나는 다시 한번 하워드에게 깃털을 내밀었다.

"후회 안 해?"

하워드는 고개를 끄덕였다.

그래서 나는 개울가의 무른 땅에 깃털을 꽂고 눈을 감은 다음 소원을 빌었다.

그날 집으로 돌아가는데 하워드에게 그 못된 말을 한 이후로 나를 무겁게 짓누르던 마음의 짐이 조금 가벼워진 기분이 들었다. 내 잘못을 바로잡았는지 알 수 없었지만 적어도 시도는 한 셈이었다.

스물

재키 언니가 놀러 온다는 얘기를 이모에게 들었을 때 오만 가지 생각이 들었다. 언니를 만날 수 있어서 뛸 듯이 기뻤다. 나는 언니를 미친 듯이 보고 싶어 했고 언니도 나를 보고 싶어 했길 바랐다. 하지만 쌈닭에게 물려받은 고약한 성질이 내 속에서 부글거렸다. 언니는 행복하게 지내느라 정신이 없어서 내 생각을 할 겨를이 없었던 것처럼 느껴졌기 때문이다.

애슈빌의 버스 터미널로 언니를 데리러 가기로 한 날, 나는 오전 내내 위시본과 재주 연습을 했다. 녀석이 얼마나 똑똑한지, 그리고 나를 얼마나 사랑하는지 언니에게 보여주고 싶었다. 그런 다음 피클용 유리병을 보관하는 곳이 아니라 진짜 방처럼 보일 수 있게 내 방을 단장했다.

먼저 침대보를 침대 끝까지 당겨서 신데렐라 베갯잇을 덮었다. 그런 다음 수건을 선반에 달아서 피클용 유리병들을 가렸다. 내가 위시본의 장난감을 신발 상자에 넣고 옆면에 매직으로 녀석의 이름을 적는 동안 위시본은 내 옆에 앉아서 고개를 갸우뚱하게 기울이고 나를 구경했다. 녀석이 잊을 만하면 한 번씩 테니스공이나 지저분한 고무 뼈를 꺼냈지만 내가 다시 집어넣었다.

"언니한테 잘 보일 수 있게 전부 깨끗하게 정리해야 해."

나는 녀석에게 말했다.

다음으로는 옷장을 나 혼자 쓰는 것처럼 보일 수 있게 이모부의 낡은 재킷과 스웨터를 뒤쪽으로 옮기고 내 티셔츠를 앞에 걸었다. 그런 다음 이모의 재봉틀을 수건으로 덮고 옷장 문고리에 내 가방을 걸었다.

단장을 끝낸 후 문 앞에 서서 이쪽저쪽을 둘러보았다. 좀 나아지기는 했지만 역시나 언니와 캐럴 리가 함께 쓰는 방에 비하면 턱없이 부족했다. 그 방에는 꽃무늬 침대보 위에 하트 모양의 장식용 쿠션이 놓여 있고 머리판에 록스타의 사진을 붙여놓았을 것이다. 서랍장 안에는 매니큐어 상자와 팔찌로 그득한 보석함이 들어 있을 것이다. 어쩌면 밤마다 얼마나 행복하게 지내고 있는지 얘기할 때 나누어 먹을 감자칩 봉지와 조그만 열쇠가 달린 분홍색과 금색의 일기장을 침대 밑에 숨겨놓았을지 모른다. 그리고 장담하건대 그 방에는 피클용 유리병이 없을 것이다. 하나도 없을 것이다.

애슈빌로 가는 동안 이모는 예전에 쇼핑몰 가는 길에 보여주지 못했던 몇 가지를 손으로 가리켰다.

"저기는 노스캐롤라이나에서 가장 맛있는 삶은 땅콩을 파는 집이야."

"저 앞으로 보이는 게 블루리지 공원 도로."

"저 길로 가면 트윗시 철도가 있는 블로잉 록이 나와."

나는 "오", "그래요?", "아하" 하며 맞장구를 쳤지만 사실은 언니 생각을 하고 있었다. 어쩌면 내 방을 그렇게 단장한 것이 괜한 짓이었을지 모른다. 있는 그대로 내버려 두었더라면 언니가 나를 가엾게 여겨서 롤리로 다시 데려갈지 모른다.

"아, 찰리."

언니는 이렇게 말할 것이다.

"이 조그맣고 허름한 방에서 아기처럼 신데렐라 베개를 베고 잘 수는 없지."

그런 다음 어깨 너머로 머리칼을 잡아 넘기며 이렇게 덧붙일 것이다.

"이 집은 코만 심하게 골아도 산비탈에서 굴러떨어지게 생겼다. 나랑 같이 집으로 돌아가는 게 좋겠어."

이모가 그랜드파더 산에 있는 마일하이 흔들다리 얘기를 하는 동안 나는 캐럴 리의 집에서 지내는 나와 위시본을 상상했다. 하지만 이내 걱정이 되기 시작했다. 캐럴 리의 부모님이 개를 좋아하지 않으면 어쩌지? 나를 좋아하지 않으면 어쩌지?

내 걱정이 산더미처럼 쌓일 겨를도 없이 버스 터미널에 도착했다.

차에서 내리자 이모가 내 어깨를 흔들며 물었다.

"흥분되니?"

"조금요."

나는 이렇게 대답했지만 사실은 배 속이 미친 듯이 소용돌이쳤다.

우리는 끈적끈적한 비닐 의자에 앉아서 언니의 버스가 도착하길 기다렸다. 이모는 터미널 안을 정신없이 뛰어다니는 아이들을 데려온 어떤 여자와 잡담을 나누었다. 한번은 아이들이 신문 가판대에 걸려서 넘어졌는데도 그 아주머니는 아무 말도 하지 않았다. 이모부는 거의 1분 만에 곯아떨어져서 턱이 가슴에 닿도록 고개를 주억거렸고 숨을 쉴 때마다 뺨이 불룩 솟았다. 이모부가 언니 앞에서 나를 콩알이라고 부르지는 않기만을 바랄 따름이었다.

마침내 매표소 직원이 큰 소리로 외쳤다.

"롤리에서 출발한 94번 버스가 도착합니다!"

키가 크고 햇볕에 까무잡잡하게 탄 언니가 어느새 웃는 얼굴로 나를 향해 달려들었다. 언니의 머리 위에 후광처럼 둥둥 떠 있는 행복의 기운이 내 눈에 보일 지경이었다.

언니가 맨 처음 한 일은 머리를 옆으로 돌려서 파랗게 염색한 머리카락 몇 가닥을 가리키며 "마음에 들어?"라고 물은 거였다.

"뭐, 괜찮네."

내가 말했다.

"쌈닭은 노발대발했어."

언니는 씩 웃었다.

"하지만 나는 어떤 심정인지 알아?"

언니는 파란색으로 몇 가닥 염색한 머리칼이 어깨 뒤로 넘어가도록 고개를 흔들었다.

"그러거나 말거나 상관없다 이거야. 왜냐하면 이게 새로운 나거든."

새로운 나?

그게 무슨 뜻일까?

새로운 인생이랑 비슷한 걸까?

어쩌면 언니는 몇 년 전에 엄마가 그러려고 했던 것처럼 가족을 떠나서 새로운 인생을 찾은 것일지 모른다. 나 없는 인생을 말이다.

콜비로 돌아가는 동안 언니와 이모는 평생 알고 지낸 절친한 친구라도 되는 것처럼 조잘거렸다. 집에 도착할 무렵, 두 사람은 매일의 일분 일초까지 계획을 마친 뒤였다.

이모는 언니에게 닭튀김 만드는 법과 치마에 지퍼 다는 법을 가르쳐줄 예정이었다.

두 사람은 또 페어뷰에 있는 중고품 할인 매장에 가서 언니가 캐럴 리의 교회 연극에서 맡은 역할에 필요한 풋볼 유니폼을 살 예정이었다.

두 사람은 또 언니가 롤리로 들고 갈 호박을 텃밭에서 딸 것이고 이모는 버섯 크림 수프를 넣어서 호박 캐서롤을 만드는 특급 비법을 알려줄 예정이었다.

기타 등등.

어쩌고저쩌고.

여보세요? 나는 속으로 물었다. 나는요? 나랑 뭘 같이 할 사람은 없나요?

이모가 내 생각을 읽었거나 축 처진 내 어깨를 알아차렸는지 차에서 내리면서 이렇게 말했다.

"찰리가 콜비 구경을 시켜주고 싶어서 좀이 쑤실 거야. 이제는 여기저기 모르는 데가 없거든."

이모는 나를 향해 윙크했다.

"그렇지, 찰리?"

"아마도요."

"그리고 위시본을 만나는 순간이 기대되지 않니?"

우리가 집 안으로 들어가자마자 위시본은 귀를 펄럭이고 꼬리를 흔들며 펄쩍 달려들었다. 나는 무릎을 꿇고 앉아서 녀석이 핥도록 얼굴을 맡겼다.

"으웩."

언니가 말했다.

"개 혓바닥을 네 입속에 넣지는 마."

"그냥 나한테 뽀뽀하는 거야."

나는 녀석의 코에 내 뺨을 대고 눌렀다.

"나를 사랑하거든."

언니는 오만상을 찌푸렸다.

"그리고 이것 봐."

나는 위시본이 앉고 악수하고 몸을 뒤집는 것을 보여주었다.

"우와, 찰리."

언니가 말했다.

"네가 개를 훈련시키는 데 그렇게 재주가 있는 줄 전에는 미처 몰랐네."

"워낙 똑똑해서 가르치기 쉬워. 같이 롤리로 돌아갈 때쯤이면 훨씬 많은 걸 알고 있을걸?"

언니는 눈썹을 추켜세우고 입술을 꾹 다물 뿐 아무 말도 하지 않았다. 언니는 손바닥만 한 거실을 둘러보고, 소파 옆 테이블에 놓인 노인들의 사진을 열심히 쳐다보고, 이모의 뜨개질 바구니를 살피고, 부엌을 들여다보았다.

"집이 좋네요."

언니가 이모에게 말했다.

"거스의 할아버지께서 직접 만드신 집이야."

이모가 말했다.

"그렇지, 여보?"

이모부는 얼굴을 살짝 붉히며 고개를 끄덕였다.

"뒤쪽 베란다에 나가봐."

이모가 부엌 쪽을 손짓하며 말했다.

어느 틈에 베란다로 나간 언니는 경치가 어떻고 산이 어떻고 하며 극찬을 늘어놓았다. 나는 내 무릎 위에 몸을 걸친 위시본과 함께 거실 바닥에 앉아서 새로운 언니가 하는 소리를 들으며 예전의 언니는 어디로 갔을지 궁금해했다. 엄마와 쌈닭이 집에서 서로 고함을 지르는 동안 내 무용 발표회에 와주었던 언니는. 자기 용돈으로 학교의 다른 아이들이 차고 다니던 우정 팔찌를 사주었던 언니는. 내 생일에 가운 차림으로 연속극을 보는 엄마를 대신해서 학교에 들고 가라며 컵케이크를 만들어주었던 언니는.

그 언니는 사라지고 머리를 군데군데 파랗게 염색한 새로운 언니가 그 자리에 들어앉아서 베란다로 나가 이모에게 블루리지 산이 근사하다는 얘기를 하고 있었다. 그러더니 예전의 언니라면 절대 하지 않았음직한 말을 했다.

"두 분이랑 여기서 지낼 수 있게 되다니 찰리가 정말 운이 좋네요."

운이 좋다고? 평생 알고 지냈던 유일한 공간에서 뽑혀져 나와서 여태껏 한 번도 만난 적 없는 사람들에게로 보내졌는데 운이 좋다고? 가족이 붕괴돼서 뿔뿔이 흩어졌는데 운이 좋다고?

그 소리를 듣고 이모가 말했다.

"아니야, 운이 좋은 쪽은 거스하고 나지. 안 그래, 여보?"

"맞아."

이모부가 대답했다.

다 같이 안으로 들어왔을 때 이모가 말했다.

"찰리, 언니가 짐을 정리할 수 있도록 함께 네 방으로 가는 게 좋겠다."

나는 언니를 데리고 그 손바닥만 한 방으로 가서 내가 기대했던 말을 해주길 기다렸다. 정말 허접하다고 해주길 기다렸다. 내가 아무리 단장을 했어도 언니는 방이 너무 작다고 할 것이다. 압정으로 박은 수건을 들추어서 피클용 유리병들을 보면 자기랑 같이 롤리로 가는 게 좋겠다고 할 것이다.

그런데 아니었다. 새로운 언니는 이렇게 말했다.

"이 방 정말 좋다, 찰리. 우리 집에서 살던 때처럼 누구랑 같이 쓰지 않고 방 하나를 혼자 쓰다니 엄청난데?"

이게 말이 되는 이야기인가.

"난 우리 집에서 방 같이 써도 좋았는데."

나는 애써 측은한 목소리로 말했다.

내 방 옷장 가득한 이모부의 옷들을 보여주려고 했지만 언니는 침대에 털썩 주저앉으며 말했다.

"그래, 맞아. 하지만 자기 방이 있으면 좋잖아. 신던 양말을 바닥에 던져놓는 사람도 없고 서랍장을 독차지해서 쓰는 사람도 없고."

언니는 샌들을 벗어던지고 벽에 기댔다.

"오해하지 마. 캐럴 리랑 기타 등등 다 좋으니까. 하지만 가끔 혼자 있고 싶을 때도 있어. 내 소지품을 뒤지거나 내 화장품을 말도 없이 쓰는 친구 없이 말이야."

언니는 머리카락을 어깨 너머로 휙 넘기고 말했다.

"이모랑 이모부 참 좋다. 너도 그렇게 생각하지?"

솔직히 뜻밖의 질문이었는데 일말의 망설임도 없이 "응"이라고 대답하는 나를 보고 나도 놀랐다.

내가 이모와 이모부를 좋아하나? 지금까지 생각해본 적은 없었지만 그런 것 같았다. 하지만 누구나 이모와 이모부를 좋아했다. 그들은 그런 사람들이었다.

"그리고 개도 있고, 찰리!"

언니가 위시본의 등에 대고 맨발을 비비며 말했다.

"너는 다 잘된 것 같아. 네 방도 생기고 네 개도 생겼잖아. 하루 종일 서로 욕하거나 고함을 지르지 않는 좋은 사람들과 살고 있고."

그러더니 언니는 침대 밖으로 폴짝 내려오며 말했다.

"텃밭 보여줘."

그날 저녁에 이모는 그릴에 구운 치즈 샌드위치와 감자 샐러드를 내놓았고 우리는 식사를 마친 뒤에 베란다로 나가서 청회색 구름들이 희끗희끗 떠 있는 주황색 하늘 아래 앉았다. 비 냄새가 달콤한 인동 냄새와 섞였고 숲 주변의 월귤나무 덤불 속에서 귀뚜라미들이 노래를 불렀다.

이모와 언니는 남자를 주제로 대화를 나누었는데 잘 모르는 사람이 들으면 어느 쪽이 십대이고 어느 쪽이 다 큰 어른인지 구분하기 어려울 정도였다. 이모는 언니에게 14번 고속도로에서 이모의 아버지가 몰던 차의 타이어에 펑크가 나서 이모부가 고쳐주었을 때 이모부를 처음 만났다고 이야기했다.

"그렇게 잘생긴 남자는 내 평생 처음이었어. 내 친구 제이미가 열심히 추파를 던졌지만 그이가 관심을 보인 쪽은 나였지. 그렇지, 여보?"

이모가 옆구리를 찌르자 이모부는 이쑤시개를 씹으며 고개를 끄덕였다.

나중에 언니는 내 방에서 보드게임을 하면서 요즘 만나는 스쿠터라는 남자친구 이야기를 들려주었다. 웨이크 카운티의 페인트볼 챔피언이고 해병대로 복무 중인 사촌을 캐럴 리에게 소개해주고 싶어 한다고 했다.

언니가 매니큐어를 들고 왔기에 우리는 같이 손톱을 칠하면서 백만 번쯤 주고받았던 말장난을 반복했다.

"왕이 넘어지다를 두 글자로 줄이면 뭐게?"

언니가 물었다.

"킹콩."

내가 말했다.

"꽃가게 주인이 싫어하는 도시는?"

"시드니."

우리는 세상에 이보다 더 재밌는 말장난은 없는 것처럼 깔깔대고 웃었다. 버스 터미널에서 파란색으로 몇 가닥 염색한 머리칼을 보여준 이래 처음으로 언니가 예전의 언니처럼 느껴졌고 나는 내가 언니를 얼마나 보고 싶어 했는지 실감할 수 있었다.

언니는 불을 끄자마자 바로 곯아떨어졌다. 언니가 나지막이 코를 고는 소리가 들리자 우리 집에서 한 방을 썼던 때가 생각났다. 어두운 방 안에 누워서 엄마와 쌈닭이 요란하게 싸우는 소리를 들었던 때가 생각났다. 내가 어렸을 때는 가끔 언니의 침대 속으로 기어 들어가면 두 사람이 주고받는 험한 소리를 듣지 못하게 언니가 내 귀에 대고 노래를 불러주곤 했다.

이제 다시 우리는 한 방에서 잠을 청하고 있었다. 언니는 내 침대에서, 나는 침낭을 깔고 위시본과 함께 바닥에서. 하지만 이번에는 언니가 나지막이 코를 고는 소리와 숲속에서 황소개구리들이 우는 소리만 들렸다. 나는 언니가 이 집과 베란다와 내 방을 극찬했던 것에 대해 생각했다. 이모와 이모부가 참 좋다고, 나는 다 잘된 것 같다고 했던 언니의 말이 아직까지 내 귓

가에 맴돌았다. 하지만 내 집에서 쫓겨나 나만 보면 키득대는 아이들과 한 버스를 타야 하고, 집도 없는 떠돌이 개가 된 심정으로 살아가는데 뭐가 그리 잘됐다는 건지 모르겠다는 생각이 들었다. 나는 위시본을 꼭 끌어안고서 코에 입을 맞추었고 이런저런 생각을 하다 지쳐서 결국 잠이 들었다.

스물하나

나는 이후 며칠 동안 평생을 여기서 살았던 사람처럼 콜비를 누비고 다니는 언니를 구경하며 지냈다. 언니는 집배원과 고등학교 풋볼 경기에 대해 이야기했고 식은 닭튀김을 들고 이모의 뜨개질 모임에 참석했다. 집 앞 진입로 끝에 채소 좌판을 벌여놓고 콩이나 호박을 사려고 발길을 멈춘 사람을 아무나 붙잡고 롤리와 거기서 하는 종업원 일과 얼마 전에 딴 운전면허증 얘기를 늘어놓았다. 페어뷰의 중고품 할인 매장에서는 누군가가 내놓은 커다랗고 흉측한 모자를 놓고 가게 주인과 깔깔대며 웃는데 내가 아는 언니가 맞나 싶었다. 어쩌면 이 모습이 새로운 언니일 수 있었다. 모든 사람들이 이렇게 언니를 좋아하는데 나는 어떻게 지금까지 모를 수 있었을까? 심지어 이모의 고양이들마저 언니가 좋아 죽겠는지 언니의 다리에 대고 머리를 부비고 언니의 무릎에서 가르랑거렸다.

오덤 형제들도 언니 옆에 있으면 벌게진 얼굴로 아무 말도 하지 못했고, 우리가 그 집에 놀러갈 때마다 차 문을 열어주거나 시원한 레모네이드를 가져다주려고 서로 몸싸움을 벌였다.

"엔진을 다시 조립할 줄 안다니 대단하다."

처음으로 그 집에 놀러간 날, 언니는 벌에게 이렇게 말했다. 그러고는 눈 깜짝할 새 집 앞 진입로로 나가서 세상에서 가장 대단한 물건이라도 되는 양 실눈을 뜨고 카뷰레터인가 뭔가를 들여다보았다. 그러면서 어쩌다 한 번씩 머리칼을 어깨 너머로 휙 넘기면 나는 저러다 벌이 자갈이 깔린 진입로에서 녹아버리는 게 아닐까 하는 생각이 들었다.

오덤 부인이 슈거파우더를 뿌린 도넛을 현관으로 들고 나오자 우리는 둘러앉아서 언니의 와플 가게 경험담을 들었다.

"한번은 어떤 할머니가 기사가 모는 리무진을 타고 온 적이 있었어."

언니는 무릎에 떨어진 슈거파우더를 털며 말했다.

"기사가 모는 번쩍번쩍한 리무진을 타고 와플 가게에 오다니 상상이 돼?"

모두들 상상이 안 된다고 맞장구를 쳤다.

"그런데 4달러짜리 와플을 사고 팁으로 20달러를 줬으니까 나는 아무 소리하지 않을 거야."

언니가 말했다. 하워드와 드와이트는 눈을 휘둥그레 뜨고 외쳤다.

"우와!"

언니가 자기를 비롯한 종업원들은 그곳을 악플 가게라고 부른다고 하자 오덤 형제들은 그렇게 재미있는 말장난은 처음 듣는다는 듯이 폭소를 터뜨리고 함성을 질렀다.

그러고 나서 언니는 롤리에 대해서 들려주었다. 얼마나 넓은 도시인지 얘기하고 쇼핑몰, 태닝숍, 심지어 실내 골프연습장까지 있다고 했다.

"나중에 다들 놀러 와. 내가 운전면허를 땄고 캐럴 리한테 차가 있으니까."

언니가 말했다. 그들이 활짝 웃으며 고개를 끄덕이고 롤리에 정말 가보고 싶다고 하자 질투심이 어찌나 심하게 나를 자극하던지 현관 계단에 앉아 있는데 몸이 꼼지락거릴 정도였다.

그날 오후 늦게 하워드와 내가 위시본과 함께 언니를 개울로 데려가자 언니는 일말의 망설임도 없이 신발을 벗고 차가운 개울을 헤치며 걸어 다녔고 언니의 웃음소리가 나무 사이로 울려 퍼졌다. 언니는 눈 한 번 부라리는 법 없이 하워드의 시시콜콜한 질문에 일일이 대답해주었고 위아래로 절뚝거리며 걷는 아이와 태어나서 지금까지 날마다 어울린 사람처럼 굴었다.

"감옥으로 아빠 만나러 가면 어때?"

하워드가 물었다. 그 소리를 들었을 때 나는 죽고 싶었지만 언니는 전혀 신경 쓰지 않았다.

"텔레비전에 나오는 것처럼 그렇게 근사하지는 않아. 그냥 테이블 앞에 앉아서 학교 얘기랑 이런저런 얘기를 해. 아빠는 거기 음식이 정말 형편없다는 둥, 나가면 제일 먼저 햄버거를 열네 개쯤 먹고 싶다는 둥 하고."

언니가 말했다. 나는 둘이서 내 얘기를 한 적 있느냐고 묻고 싶었지만 언니가 그런 적 없다고 대답하면 하워드 앞에서 처량하게 보일까 봐 겁이 났다.

나는 쌈닭이 있는 곳은 감옥이 아니라 교도소라고 짚고 넘어가려고 했지만, 두 사람은 이미 주일학교에서 하는 성서 수사관 게임으로 화제를 바꾸었다.

"찰리는 아마 그 게임 잘 못할 거야."

언니가 나를 쿡 찌르며 말했다.

"우리 집에서는 성서 읽기가 인기 있는 취미가 아니었거든. 그렇지, 찰리?"

언니는 다시 한번 나를 찔렀다.

그날 오덤 부인이 같이 저녁식사를 하자며 나와 언니를 초대했다. 벌과 레니가 마당에서 알루미늄으로 된 정원용 의자를 들고 왔는데 서로 언니 옆에 앉으려고 하다가 하마터면 부딪칠 뻔했다. 언니는 오덤 부인을 도와서 햄과 코울슬로와 삶은 콩이 담긴 접시를 식탁으로 옮겼다. 식탁에 앉은 모두가 다 같이 손을 잡고 드와이트가 대표로 축복을 빌면서 삶은 콩과 새로운 친구들을 주신 데 감사 기도를 드려도 언니는 눈 하나 깜빡하지 않았다.

식탁 앞에서 모두들 종알거리는 동안 나는 투명인간이 된 듯한 기분을 느꼈다. 언니는 고등학교 1학년 때 음악대장을 맡아서 현충일에 비를 맞으며 행진한 이야기를 꺼냈다.

"그렇게 일진이 사나운 날도 별로 없을 거예요!"

언니의 말에 모두 웃음을 터뜨렸다. 그러고 나서 언니는 오덤 아저씨에게 목재 트럭 운전 일이 어떠냐고 물었다. 아저씨가 콜비에서 샬럿을 거쳐 그린빌까지 그 사이의 모든 도로를 달린다고 하자 언니는 "그렇게 여기저기 다니면 재미있겠어요"라고 했다. 그러고는 로레타라는 자기 친구가 주간 고속도로의 트럭 터미널에서 야간 근무를 하는데 이야기를 들어보니 아이구, 대단한 트럭 운전사들이 있더라고 했다.

그 소리에 오덤 아저씨가 얼굴을 살짝 붉히자 오덤 부인이 득달같이 끼어들어서 하워드가 교회에서 성서 수사관 게임 챔피언이라고 얘기했다.

"설마요!"

언니가 말했다.

"그런 소리는 하지 않던데!"

이번에는 하워드가 얼굴을 붉힐 차례였다.

위시본은 코튼의 옆 바닥에 자리를 잡고 앉았다. 조금만 기다리면 그 근처로 음식이 떨어진다는 것을 알기 때문이었다. 아니나 다를까, 녀석이 햄 몇 조각과 옥수수빵 부스러기를 잽싸게 먹어치우자 언니가 외쳤다.

"위시본! 그러지 마!"

하지만 오덤 부인이 말했다.

"괜찮아. 덕분에 바닥 청소도 되고 좋지 뭘."

언니가 상큼한 웃음을 터뜨리자 그 순간 나는 언니가 되고 싶어졌다. 나도 언니처럼 쉽게 사랑을 얻는 비법을 터득하고 싶었다. 모든 걸 좋게 보는 성격을 배우고 싶었다. 심지어 파란색으로 군데군데 염색한 윤기 나는 까만 머리까지 갖고 싶었다. 하지만 아무리 간절하게 원해도 나는 평범한 예전의 나에서 벗어날 수 없을 것이다.

스물둘

그 주 일요일에 우리는 이모부의 차를 타고 교회로 산길을 내려갔다. 언니가 롤리에서 그랬던 것처럼 내 머리를 뒤로 모아서 한 가닥으로 땋아주자 이모는 호들갑을 떨었다.

"찰리 머리를 그렇게 땋으니까 정말 예쁘다!"

이모가 말했다.

"재키, 너는 미용실에 취직해야겠다. 진짜 소질 있어."

언니는 제 이마를 찰싹 때리며 지금까지 그럴 생각을 하지 못했다니 믿기지가 않는다고 말했다.

"집에 돌아가면 알아볼까 봐요."

그러자 이모는 미용학교에서 성적 불량으로 퇴학당한 이모의 친구 드니즈의 이야기를 들려주었다.

"3주 만에 퇴학당하고 결국 돈 많은 남자랑 결혼했지. 그런데 두 달 만에 그 남자의 남동생이랑 애틀랜타로 도망쳤어."

언니는 이모의 이야기를 좋아해서 늘 웃거나 "그럴 리가요" 아니면 "말도 안 돼요"라고 했지만 나와 이모부는 아무 말 없이 앉아서 재미있는 척했다.

예배가 끝나자 언니는 친교실 테이블에 마련된 쿠키를 챙겨서 평생 알고 지낸 사이라도 되는 것처럼 또래들이 모여 있는 주차장으로 나갔다. 언니하고 나는 어쩌면 이렇게 다르게 태어났을까? 언니는 누군가가 자기를 좋아할지 아닐지 조금도 걱정하지 않았다. 하기야 너 나 할 것 없이 언니를 좋아하는데 걱정할 필요가 뭐가 있겠는가.

그날 오후에 오덤 가족이 같이 저녁식사를 하려고 이모네 집으로 왔다. 안 그래도 이모는 일요일 저녁을 각별하게 신경 쓰는데 오덤 가족까지 초대했으니 거의 잔치를 벌였다.

언니와 나는 이모를 도와서 카드 게임용 테이블을 마당으로 옮겼다. 여러 테이블을 한데 붙여서 식탁보 대신 시트를 덮고 언니가 야생화를 가득 담은 유리병을 여기저기 놓았다.

"영국 여왕님이라도 저녁 먹으러 오는 것 같네."

이모부가 말했다.

이모가 부엌을 분주하게 오가자 오래지 않아 집 안은 온갖 좋은 냄새들로 가득 찼고 조리대는 동부와 순무 잎을 담은 그릇들로 뒤덮였다. 호박 캐서롤과 썰어놓은 토마토. 튀긴 오크라와 옥수수 콩. 비스킷과 그레이비 소스. 브라우니와 복숭아 코블러. 이윽고 이모는 큼지막한 닭고기 구이를 오븐에서 꺼내며 말했다.

"자! 이제 고양이들의 접근만 막으면 준비 끝이야."

두말하면 잔소리지만 위시본은 부엌 문 옆에 앉아서 허공에 대고 코를 실룩이며 엄청난 속도로 꼬리를 흔들었다.

"아직은 안 돼. 나중에."

내가 말했다.

잠시 후에 벌의 트럭이 자갈 깔린 진입로를 달려오는 소리가 들리자 나와 위시본은 오덤 가족을 맞으러 달려나갔다.

빨간 머리 남자아이들이 트럭 짐칸에서 쏟아져 나오자 평소에는 울타리 기둥 위에서 새들이 지저귀는 소리 아니면 정원에서 스프링클러 돌아가는 소리 말고는 잠잠하던 앞마당이 북새통을 이루었다. 드와이트와 레니는 뛰어다니고 주먹질을 하고 울타리 위로 올라갔다. 코튼은 고양이들을 쫓아다녔다. 오덤 부인은 냉큼 안으로 들어가서 이모의 음식 준비를 거들었다. 오덤 아저씨와 이모부는 정원용 의자에 앉아서 지난주에 샬럿에서 열린 나스카 경기 얘기를 했다. 하워드와 나는 위시본에게 테니스 공을 던져서 잡게 했다.

바로 그때 언니가 미스 아메리카 같은 모습으로 등장하자 벌은 바로 그 자리에서 붉은 흙 위로 쓰러질 듯이 굴었다. 모두 교회에 갈 때 입었던 옷을 갈아입었는데 언니만 예외였다. 언니가 하얀 여름용 원피스를 입고 맨발로 마당을 여봐란 듯이 걷자 그렇게 예뻐 보인 적은 처음이라는 생각이 들었다. 나도 머리를 계속 땋고 있었으니 반바지에 허름한 티셔츠를 입었어도 예뻐 보였을 것이다. 내 바람은 그랬다. 하지만 역시나 언니만큼 예뻐 보일 리는 없었다.

이윽고 이모가 모두들 안으로 들어가서 접시에 음식을 담으라고 하자 남자아이들이 문을 부술 기세로 부엌을 향해 달려갔다. 그런 다음 우리는 마당에 놓인 카드 테이블에 앉아서 손을 잡았고 오덤 아저씨가 축복을 비는 기도를 했다. 이모와 이모부는 축복을 비는 그런 타입이 아니었지만 손님들을 생각해서 아무 말도 하지 않았을 것이다. 오덤 아저씨는 화창한 날씨에서부터 순무 잎에 이르기까지 고마워 할 거리가 많았다. 마지막으로 아저씨가 말했다.

"그리고 이 두 명의 훌륭한 아가씨를 보내시어 콜비에 사는 저희들을 환하게 비추어주셔서 감사합니다."

나는 눈을 감고 있어야 한다는 것을 알았지만 그래도 몰래 훔쳐보았더니 언니가 씩 웃으며 나에게 윙크했다.

우리는 일제히 큰 소리로 "아멘"을 외쳤고 곧바로 내일은 없는 것처럼 접시를 향해 달려들었다. 오덤 부인과 이모는 토마토나 옥수수 콩을 좀 더 가지고 오느라 계속 부엌을 들락거렸고 언니는 차를 따랐고 이모부는 고양이들을 쫓아냈다. 위시본은 닭다리를 떨어뜨려주길 바라며 코튼 곁을 지켰다.

이모가 디저트를 들고 나올 즈음이 되자 다들 배를 쓰다듬으며 더는 한 입도 못 먹겠다고 했지만 복숭아 코블러만큼은 조금 먹을 수 있겠다고 했다.

브라우니를 집으려고 테이블 위로 손을 뻗던 코튼이 외쳤다.

"저것 좀 봐요! 위시본이에요!"

과연 기름투성이 접시 위에 닭의 위시본이 남아 있었다.

나의 반려견 위시본은 자기 이름이 들리자 먹을거리를 주려는 줄 알고 코튼에게로 달려왔다.

"나랑 같이 위시본 잡아당길 사람?"

코튼이 물었다. 드와이트가 벌떡 일어났다.

"나!"

"아니야!"

나는 드와이트를 밀치며 버럭 소리를 질렀다.

"내가 해야 해!"

드와이트가 잡으려고 하자 코튼은 위시본을 등 뒤로 숨겼다.

"내가 먼저 말했잖아, 찰리."

드와이트가 말했다. 나는 발을 굴렀다.

"아니야! 내 거야!"

분노가 홍수처럼 나를 덮쳐서 드와이트를 떠밀고 싶은 마음을 꾹 참는 것 말고는 아무것도 할 수가 없었다.

내가 다시 한번 발을 구르려는 순간 하워드가 얼른 달려와서 내 귀에 대고 "파인애플"이라고 속삭였다.

언니가 내 어깨를 흔들며 쏘아붙였다.

"어휴, 찰리. 한심한 뼈 하나 가지고 그렇게 소란피우지 마."

하지만 하워드가 큰소리로 말했다.

"드와이트, 찰리한테 양보해."

이런. 내가 날마다 소원을 빈다고 모든 사람들 앞에서 공개하려는 걸까? 비밀로 해달라고 하워드에게 당부한 적이 없었으니 분명 공개할 테고 그러면 이제 다들 내가 정신이 나갔나 보다고 생각할 것이었다.

하지만 하워드는 공개하지 않았다.

코튼과 위시본을 당기도록 나에게 양보하면 성서 동전을 몇 개 주겠다고 드와이트에게 말했을 뿐이다.

"몇 개?"

드와이트가 물었다.

"세 개."

"다섯 개."

"좋아."

이렇게 해서 드와이트는 브라우니를 하나 더 먹으러 달려갔고 코튼은 내게 위시본을 내밀었다. 우리는 각자 한쪽씩 잡고 눈을 감았다. 나는 소원을 빈 다음 위시본을 당겼다.

딱!

뼈가 양쪽으로 부러졌다. 결과는? 긴 쪽이 내 차지가 되었다! 소원이 이루어지는 쪽이 내 차지가 된 것이다.

"에이!"

코튼은 투덜거리며 자기 뼈를 테이블 위로 던졌다.

내가 하워드에게 도와줘서 고맙다고 미처 인사도 하지 못했는데 오덤 아저씨가 이제 가야 할 시간이라고 선포했고 다들 우르르 벌의 트럭에 올라탔다.

나는 언니와 함께 이모의 부엌 정리를 거들어야 한다는 것을 알았지만 위시본을 감싸안고 마당에 앉아서 마음씨 착한 오덤 가족을 잔뜩 싣고 자갈이 깔린 진입로를 뒤뚱뒤뚱 달리는 트럭의 뒷모습을 바라보았다. 트럭이 큰길로 들어서자 나는 큰 소리로 외쳤다.

"고마워!"

하워드가 못 들었을 줄 알았는데 엄지손가락을 든 하워드의 모습이 내 눈에 들어왔고 잠시 후에 트럭은 시야에서 사라졌다.

스물셋

언니는 콜비를 떠나기 전날 이모와 함께 내 방 재봉틀 앞에 앉아서 남자와 옷과 영화배우 이야기를 나누며 지퍼를 박았다. 나는 위시본을 데리고 마당으로 나가서 텃밭 창고 옆 금잔화 사이에 난 잡초를 뽑았고 그동안 위시본은 햇볕을 쪼이며 낮잠을 잤다.

언니가 그 버스를 타고 행복한 하루하루가 기다리는 롤리로 돌아가서 캐럴 리의 매니큐어를 칠하고 페인트볼 챔피언이라는 스쿠터와 데이트를 하고 심지어 미용학교에 다닐지도 모른다는 생각조차 하기 싫었다. 나를 두고 떠나는 언니를 생각하며 잡초를 힘껏 뽑을 때마다 심장이 욱신거렸다. 언니와 이모가 지퍼 박는 것을 마쳤을 무렵, 마당에는 잡초 한 포기 남지 않았고 나는 심장이 너무 아파서 울고 싶어졌다.

언니는 작별 인사를 하려고 나와 위시본과 함께 오덤 가족의 집으로 찾아갔다. 오덤 형제들은 장례식에 참석하는 사람들 같은 표정으로 현관 앞 계단에 앉아 있었다.

"다 같이 롤리로 놀러 와."

언니가 말하며 팔을 벌렸다.

"한 명도 빠짐없이. 우리, 신나게 놀아보자."

그들은 엄숙하게 고개를 끄덕였고 코튼은 눈물을 훔쳤다.

"그때까지 내가 와플 가게에서 일하고 있으면 찾아와. 초콜 릿칩 와플 공짜로 만들어줄게."

코튼이 눈을 반짝 떴다.

"초콜릿칩 와플?"

언니는 고개를 끄덕였다.

"응. 네 와플에는 초콜릿칩을 더 많이 넣어줄게, 알았지?"

코튼이 씩 웃었다.

"찰리가 누나를 보고 싶어 할 거야."

하워드가 말했다. 언니는 내 어깨를 감싸 안았다.

"나도 찰리가 보고 싶을 거야. 하지만 놀러 오면 되는 걸."

"놀러 간다고?"

나는 되물었다.

"살러 가는 거겠지."

나는 위시본의 등을 쓰다듬었다.

"엄마가 정신을 추스르면 말이야."

언니는 자기 무릎을 내려다보았다. 위시본은 붉은색의 마른 흙 사이로 왔다갔다 하며 꼬리를 흔들었다.

"자, 그럼."

언니가 말했다.

"이제 한 번씩 안아줘."

언니는 팔을 벌렸다. 오덤 형제들은 한 명씩 재빨리, 어색하게 언니를 끌어안았다.

잠시 후에 오덤 부인이 밖으로 나왔다.

"네가 콜비를 찾아주어서 얼마나 기쁘고 축복이었는지 몰라, 재키."

오덤 부인과 언니는 서로 끌어안았고 그러고 나서 우리는 집으로 돌아갔다.

그날 저녁에 이모는 미트로프, 리마콩, 풋토마토 튀김, 고구마 파이로 특별한 만찬을 준비했다. 위시본은 내 의자 옆에 누워서 누군가가 어쩌다 한 번씩 미트로프 조각을 던져주길 기다렸다. 솔직히 우리 때문에 버릇이 나빠져서 세계 챔피언급 거지로 변해버린 것 같았다.

식사를 마치고 뒤 베란다에 잠깐 앉아 있다가 언니와 나는 내 방으로 들어갔다. 언니가 반바지며 기타 소지품을 가방에 넣으며 이렇게 좋은 데서 지낼 수 있어서 얼마나 다행이냐고 얘기하는 동안 나는 계속 위시본을 쓰다듬었다.

언니가 매니큐어를 챙겨서 가방에 담자 내 신세가 시시각각으로 점점 더 처량하게 느껴지기 시작했다.

"나는 어떻게 되는 거야?"

나는 이렇게 묻고 싶었다. 하지만 묻지 않았다.

불을 끈 후에 나는 달빛에 비친 층층나무 그림자가 천장에서 춤을 추는 것을 올려다보았다. 그러다 심호흡을 하고 물었다.

"나도 언니 따라서 롤리로 가면 안 돼?"

나를 집어삼킬 듯한 침묵이 이어졌다. 내 가슴을 두드리는 심장 소리와 내 뺨에 닿는 위시본의 따뜻한 입김이 느껴졌다. 잠시 후에 언니가 침대에서 일어나 내 침낭 옆에 앉았다.

"달라질 건 아무것도 없어, 찰리."

언니가 말했다.

"나도 예전에는 달라질 거라고 생각했는데 이젠 그러지 않아. 쌈닭은 계속 쌈닭일 테고 엄마는 계속 엄마일 테고 너하고 나는 혼자 알아서 지내야 해. 요술 지팡이로 상황을 고칠 수는 없어."

나는 그 말을 믿고 싶지 않았기에 생각이 나지 않도록 멀찌 감치 치워버렸다. 그러고는 물었다.

"우리 어렸을 때 엄마가 집 나갔던 거 알고 있었어? 쓰레기봉 투에다 옷들 잔뜩 챙겨서 새 출발하겠다고 그냥 무작정 떠나버 렸던 거?"

언니는 한숨을 쉬었다.

"응, 알고 있었어."

"어떻게?"

"일곱 살 때 엄마가 작별 인사도 없이 아무렇지 않게 집을 나 갔는데 그런 기억을 어떻게 잊겠니?"

"그런데 왜 나한테는 얘기 안 했어?"

내가 물었다. 언니는 내 등에 손을 얹고 작은 동그라미를 그 리며 문지르기 시작했다.

"네가 엄마를 미워하지 않길 바랐으니까."

"언니는 엄마 미워해?"

"아니."

언니는 내 머리칼을 귀 뒤로 쓸어넘겼다.

"아주 좋아하지는 않지만 미워하지는 않아."

"왜 나는 언니랑 같이 살면 안 돼?"

나는 거의 속삭임에 가깝도록 나지막이 물었다. 언니는 무릎을 끌어안았다.

"찰리, 나도 캐럴 리하고 영원히 같이 살 수는 없잖아. 와일린 자비스하고 아파트를 하나 얻으려고 돈을 모으는 중이야. 나는 이모랑 이모부처럼 너를 챙길 수 없어."

언니가 말했다.

"젠장, 내 몸 하나도 챙길까 말까인 걸."

우리는 잠깐 동안 아무 말 없이 앉아 있었다. 잠시 후에 언니가 말했다.

"여기서 행복하게 잘 지내고 있잖아, 찰리. 이모랑 이모부는 너를 사랑하고 공주처럼 대해주지. 오덤 가족은 너를 보내줘서 감사하다고 하느님한테 기도하지. 하워드처럼 그보다 더 좋을 수 없는 친구도 있지. 아름다운 산과 텃밭과 앉아 있으면 천국에 와 있는 것 같은 베란다도 있지."

위시본이 꿈을 꾸는지 발길질을 하면서 조그맣게 컹 하고 짖었다. 언니는 녀석의 배를 문질렀다.

"그리고 너를 끔찍이 사랑하는 개도 있지."

위시본을 바라보며 개들은 주인을 무조건적으로 사랑한다는 이모의 말을 떠올리자 심장이 터질 것 같았다.

"나를 미워하지 마, 찰리."

언니가 말했다.

미워한다고?

나는 언니의 모든 면을 사랑했다. 예전의 언니와 새로운 언니를 둘 다 사랑했다. 그런데 왜 그렇다고 말을 하지 못했을까? 아마 사랑한다고 말하는 연습이 안 되어 있어서 그랬을 것이다. 그래서 나는 잠결에 실룩이는 위시본을 옆에 두고 컴컴한 방 안에 앉아서 이렇게 말했다.

"언니 머리 파란색으로 군데군데 염색한 거 정말 예뻐."

스물넷

언니가 떠난 주부터 나는 로키크리크 침례교회의 여름방학 성서학교에 다니기 시작했다. 나는 가기 싫다고 했지만 이모가 정말 재미있을 거라고 누누이 강조했다.

"나도 어렸을 때 해마다 여름방학 성서학교에 다녔거든."

이모가 말했다.

"뭐 하나 재미없는 게 없었어. 게임. 만들기. 노래."

이모는 솔방울에 콩알버터를 바르고 새 모이에 대고 굴려서 새 모이장을 만든 적도 있다고 했다.

"그리고 얇은 끈. 그건 백 개쯤 만들었을 거야."

이모는 웃으며 고개를 저었다.

"매듭 열쇠고리도 만들었고. 얼마나 재미있었다고. **게다가** 하워드랑 주일학교에 다니는 다른 아이들도 모두 나올 거야."

그래서 결국 나는 알겠다고 했다. 그런데 수업을 시작하기 전날, 외출했던 이모가 조랑말과 무지개가 그려진 도시락 통을 들고 들어왔다.

"내가 지금까지 보기 싫은 갈색 종이봉지에 점심 도시락을 싸서 보냈다니 믿기지가 않는다."

이모가 말했다.

"그건 못 들고 다녀요!"

내가 말했다. 이모의 얼굴에서 미소가 사라졌다.

"아."

이모가 말했다.

"그렇구나."

나 때문에 이모의 기분이 상했다는 것을 알 수 있었지만 그 도시락 통은 도저히 들고 다닐 수가 없었다.

이모는 조리대에 두었던 도시락 통을 집어서 찬장 맨 위 칸에 쑤셔넣었다.

"내가 도대체 무슨 생각으로 그랬는지 모르겠네."

이모가 말했다.

"이렇게 한심한 물건을 사오다니."

결국 이모는 갈색 종이봉지에 점심을 싸주었고 나는 여름방학 성서학교로 출발했다.

우리는 그늘에 동그랗게 앉아서 성서학교가 정말 재미있을 거라는 론다 선생님의 이야기를 들었다. 같이 주일학교에 다녀서 다들 아는 사이인데도 선생님은 이렇게 말했다.

"먼저 각자 이름을 말하고 자기의 재미있는 면을 세 가지씩 얘기해보기로 하자."

콜비로 전학 온 첫날에 작성한 '나는 어떤 친구일까요?' 설문지가 생각났다. 하지만 이번에는 내 차례가 되자 나는 축구와 발레와 싸움을 좋아한다고 하지 않고 이렇게 말했다.

"나는 위시본이라는 개를 길러. 우리 언니는 와플 가게에서 일해. 우리 이모가 키우는 고양이는 일곱 마리야."

오전에는 종이반죽으로 그릇을 만들고, 골풀 바구니를 타고 떠내려온 모세에 대한 노래를 불렀다. 점심시간이 되자 나는 갈색 종이봉지를 들고 오드리 미쳴 옆에 앉았다. 나는 이제부터 언니처럼 지내기로 마음을 먹은 참이었다. 멋지고 자신만만하게, 아무하고나 친구처럼 지내기로 말이다.

그런데 내가 오드리에게 할 말을 미처 생각해내기도 전에 하워드가 내 옆에 털썩 주저앉았다.

"벌 형이 재키 누나한테 편지를 썼어."

하워드가 말했다.

"뭐하러?"

하워드는 어깨를 으쓱했다.

"레니 형이 그걸 낚아채는 바람에 싸움이 벌어졌어. 벌 형이 레니 형을 잡으려고 온 집 안을 뛰어다니다 스탠드를 하나 깨뜨렸지 뭐야."

하워드는 샌드위치 귀퉁이를 들어서 안에 든 볼로냐 소시지와 머스터드를 확인했다.

"그래서 편지는 돌려받았어?"

내가 물었다. 하워드는 샌드위치를 양손바닥으로 납작하게 눌렀다.

"응. 그런데 찢어졌고, 욕을 하고 스탠드를 깨뜨린 것 때문에 둘 다 외출 금지야."

하워드가 말하며 땀에 젖은 빨간 머리칼을 쓸어올렸다. 벌겋게 탄 두 팔에 주근깨가 점점이 박혀 있었다. 하워드가 이번에는 야구 캠프에서 드와이트의 새끼손가락이 부러졌다는 이야기를 꺼냈다.

하워드의 수다가 이어지는 동안 나는 오드리를 곁눈질했다. 오드리는 종이 냅킨으로 무릎을 덮고 책상다리를 하고 앉아 있었다. 나비 머리핀을 꽂고 있었고 운동화에 티끌 하나 없었다.

도시락 통은 민무늬였다. 조랑말도 무지개도 없었다. 오드리가 도시락 통을 열어서 안을 들여다보았다. 그러더니 포도가 가득 든 비닐봉지와 포일로 싼 무언가와 접힌 쪽지를 꺼냈다.

나는 하워드의 이야기를 듣는 척하면서 오드리의 옆으로 좀 더 바짝 다가갔고 그 사이에 오드리는 쪽지를 펼쳤다. 큼지막하고 동글동글한 글씨체로 적힌 쪽지였다. 오드리가 포도 옆 잔디밭에 쪽지를 내려놓자 나는 실눈을 뜨고 뭐라고 적혔는지 읽어보려고 했다.

"그리고 코튼 몸에서 진드기가 두 마리 나왔어."

하워드가 말했다.

"그래서 엄마가 마당에서 곧바로 옷을 홀딱 벗겼지."

몇몇 아이들이 키득거렸고 나는 하워드를 째려보았다. 점심을 먹는데 **옷을 홀딱 벗겼다**는 소리를 듣고 싶은 사람이 어디 있겠는가. 하지만 하워드는 그런 분위기를 알아차리지도 못한 듯이 수다를 계속 이어나갔다.

바로 그때 누군지 모를 어떤 여자아이가 "여기 앉아, 오드리"라고 하면서 자기 옆 땅바닥을 툭툭 쳤다. 그 소리를 듣고 오드리가 포도와 기타 소지품을 챙겨서 자리를 옮겼는데 쪽지를 두고 갔다. 나는 바로 쪽지를 발로 밟았다.

오드리와 그 여자애가 수영 강습과 축구 캠프에 대해서 조잘거리는 동안 나는 얼른 쪽지를 집어서 주머니에 넣었다.

"그거 뭐야?"

하워드가 물었다.

"뭐가?"

"그 쪽지."

"무슨 쪽지?"

"네가 주머니에 넣은 쪽지."

"아무것도 아니야."

하워드는 손에 묻은 머스터드를 반바지에 대고 닦았다.

"알았어."

오후에 큰 소리로 성서 이야기를 읽고 론다 선생님의 십대 아들이 선보이는 마술을 감상하는 내내 나는 주머니에 든 쪽지를 생각했다. 그러다 때때로 주머니에 손을 넣어서 그것을 만지작거렸다.

마침내 기회가 생겼다. 하워드는 론다 선생님을 도와서 성서 이야기책을 교회 안으로 옮겼고 오드리는 나만 빼고 다른 아이들과 친분을 다지느라 여념이 없었다. 그래서 나는 쪽지를 주머니에서 꺼내 읽어보았다.

여름방학 성서학교에서 재미있게 놀고 와.

보고 싶을 거야.

많이 사랑해.

엄마가

   나는 얼른 쪽지를 접어서 다시 주머니에 쑤셔넣었다. 어떤 여자애와 팔짱을 끼고 뭔가를 속삭이는 오드리를 흘끗 쳐다보았다. 눈을 감고 오드리가 되는 상상을 했다. 운동화에는 티끌 하나 없고 비밀을 속삭일 친구가 있으며 쪽지에 "많이 사랑해"라고 적어주는 엄마가 있는 아이. 하지만 눈을 뜨자 나는 다시 나로 돌아갔다.

   그날 저녁에는 구운 옥수수를 먹었다. 내 옥수수 알이 모두 몇 줄인지 세어보았는데 이럴 수가! 정확히 열네 줄이었다. 소원을 빌 수 있는 조건 목록에 그것도 들어 있었다. 나는 확인하는 차원에서 다시 한번 세어본 다음 눈을 감고 소원을 빌었다.

   "어머나, 하마터면 깜빡할 뻔했네!"

   이모가 벌떡 일어나면서 외쳤다. 그러고는 조리대에서 뭔가를 집어서 내게 건넸다.

   도시락 통이었다. 조랑말도 없고 무지개도 없는 민무늬 도시락 통. 이모는 눈썹을 추켜세우며 물었다.

   "어때? 이건 좀 괜찮니?"

죄책감이 파도처럼 밀려들어서 불시에 나를 덮쳤다. 이모가 도시락 통을 하나 더 사느라 돈을 썼을 생각을 하니 양심의 가책이 느껴졌다. 무지개와 조랑말이 그려진 것도 감사하게 받아들였어야 하는 거였다. 언니라면 그랬을 것이다. 하지만 나는 그러지 않았고 그런데도 이모는 내게 너무나 잘해주고 있었다.

"네, 이모."

내가 말했다.

"고맙습니다."

식사 후에 우리는 베란다로 나가서 위시본에게 테니스공을 던져주었다. 녀석은 공을 받다가 지쳤는지 내 발치에서 잠이 들었다. 나는 산 너머로 뉘엿뉘엿 지는 해를 바라보며 주머니에 든 쪽지를 손으로 덮었다. 포도를 그 조그만 봉지에 담고 그 쪽지를 썼을 오드리의 엄마를 생각했다. 오드리의 가족은 어떨지 궁금해졌다. 오드리는 교회에서 축복의 정원을 만들었을 때 자기 꽃에다 가족이라고 적었다. 그 애의 아빠는 교도를 받으러 어떤 시설로 끌려가지 않았을 것이다. 그 애에게는 비 오는 날이면 같이 카드 게임을 하고 밤이면 이불 밑에서 비밀을 속삭이는 자매가 있을 것이다. 그리고 그 애의 엄마는 정신을 똑바로 차리고 있을 것이다.

어두워지고 모기들이 등장하자 나와 위시본은 방으로 들어갔다. 나는 가방을 뒤져서 종이와 펜을 찾았다. 종이를 반으로 찢고 바닥에 앉아서 이렇게 적었다.

많이 사랑해. 엄마가

그런 다음 종이를 접어서 베개 밑에 넣고 불을 끄고 위시본의 정수리에 입을 맞추었다.

스물다섯

다음 날에는 성서학교에서 병마개로 자석을 만들고 그 위에 십계명을 적었다. 그런 다음 주름 종이를 찢어서 그걸 알록달록한 요셉의 외투처럼 우리 몸에 감고 장애물 코스를 달리는 게임을 했다. 론다 선생님은 그 게임을 생각하면서 위아래로 절뚝거리며 걷는 하워드를 감안하지 않은 듯했다. 하워드는 꼴찌로 들어왔고 외투가 찢어졌지만 상관하지 않는 눈치였다.

점심시간이 되자 우리는 그늘에 앉아서 도시락을 꺼냈다. 하워드는 론다 선생님을 도와서 주름 종이 조각을 줍고 있었기에 나는 오드리 옆에 털썩 주저앉았다.

"안녕."

내가 말했다.

"안녕."

오드리는 이렇게 대답하고 나서 다리가 딱지로 뒤덮인 레이니라는 아이 옆으로 얼른 다가갔다. 나보다 다리가 딱지로 뒤덮인 아이 옆에 앉고 싶어 하다니 믿기지가 않았지만 그런 모양이었다. 발로 차고 밀쳐서 미안하다고 사과하지 않았던가. 더 이상 뭘 어떻게 해야 오드리와 친하게 지낼 수 있을지 정말 알 수가 없었다.

나는 새 도시락 통을 열고 이모가 넣어준 점심을 꺼냈다. 땅콩버터를 바른 베이글, 마가린 통에 담은 딸기, 이모가 직접 구운, 바닥이 살짝 탄 쿠키. 그런 다음 내가 전날 밤에 쓴 쪽지를 꺼냈다. '많이 사랑해. 엄마가'라고 쓴 쪽지 말이다.

나는 쪽지를 펼쳐서 눈앞에 들고 있었다. 그런 다음 오드리가 내 쪽으로 고개를 돌려서 그 쪽지를 볼 수 있게 헛기침을 했다. 하지만 오드리는 요거트를 젓느라 여념이 없었다.

그래서 나는 쪽지를 오드리의 거의 정면으로 던졌다.

"쓰레기 떨어뜨렸어."

오드리가 말했다.

"뭐라고?"

"저거 네 쓰레기잖아."

오드리는 쪽지를 손으로 가리켰다.

"저 쪽지 말이야?"

오드리는 어깨를 으쓱했다.

"뭔지는 모르겠지만."

"우리 엄마가 써준 쪽지야."

나는 눈을 부라리며 말했다.

"우리 엄마는 늘 그렇게 쪽지를 써줘."

나는 오드리가 읽을 수 있도록 쪽지를 더 가까이 들이댔다.

"너는 이모랑 이모부랑 사는 줄 알았는데."

오드리가 말했다.

"뭐, 늘 그런 건 아니야. 그러니까, 대개는 그렇지. 하지만 엄마가 자주 놀러오고 올 때마다 이렇게 쪽지를 써줘."

내 얼굴이 홍당무처럼 시뻘게졌다는 것을 알았기에 나는 땅바닥을 내려다보았다.

오드리는 얼굴을 찡그렸다.

"여름방학 성서학교에서 거짓말을 하면 안 되지."

오드리는 성서라는 단어를 못된 말투로 아주 크게 강조했다. 나는 나도 모르는 새 주먹을 쥐고 일어났고 심장이 미친 듯이 두근거렸다. 장막처럼 나를 뒤덮는 시뻘건 분노가 느껴졌다. 티끌 하나 없는 그 애의 운동화를 밟고 싶었다. 나비 머리핀을 잡아당기고 싶었다. 그때 하워드가 뒤에서 다가오며 외쳤다.

"파인애플! 파인애플! 파인애플!"

오드리는 자기 요거트와 도시락 통을 들고 일어섰다.

"너희 둘 다 제정신이 아니야."

그러고는 교회 쪽으로 뛰어가버렸다.

"도대체 무슨 일이야, 찰리?"

하워드가 물었다.

"교회에서 친구를 때리려고?"

나는 잔디밭에 털썩 주저앉아서 베이글과 기타 등등을 도시락 통에 챙기기 시작했다.

하워드가 내 옆에 앉았다.

"왜 그렇게 화가 났는데?"

"쟤가 나더러 거짓말을 한다잖아."

"너 거짓말했어?"

"아니."

나는 그 바보 같은 쪽지를 집어 도시락 통 안으로 던져 넣었다. 하워드는 나이 든 어른처럼 안경 너머로 나를 쳐다보았다.

"그럼 화낼 이유가 없잖아."

그러더니 내 도시락 통 안을 들여다보았다.

"이 베이글 안 먹을 거야?"

어느 정도 시간이 걸리기는 했지만 결국에는 화가 가라앉았다. 그래도 성서 구절을 외울 기분은 아니었다. 거의 집에 갈 때가 됐을 때 론다 선생님이 안으로 들어가서 주일학교 의자 배치하는 것을 도와달라고 했다.

하워드가 교회를 향해 걸어가자 레이니가 하워드처럼 위아래로 절뚝거리며 그 뒤를 따라갔다. 이 세상에서 가장 웃기는 사람이라도 되는 것처럼 함박웃음을 짓고서 모두들 자기를 쳐다보고 있는지 확인하느라 주위를 두리번거렸다.

갑자기 하워드가 뒤를 돌아보았지만 레이니는 멈추지 않았다. 계속 하워드를 향해 걸어갔다.

절뚝.

절뚝.

절뚝.

절뚝.

그리고 잠시 후에 믿을 수 없는 일이 벌어졌다. 하워드가 다시 고개를 돌리더니 아무 일도 없었던 것처럼 가던 길을 재촉한 것이다.

이 자리에서 장담하지만 온 세상의 파인애플을 총동원했대도 전속력으로 레이니에게 달려드는 나를 말리지 못했을 것이다. 나는 두 팔을 앞으로 단단히 들고서 레이니를 들이받았다.

어찌나 세게 들이받았던지 레이니는 목이 뒤로 꺾였고 흙바닥에 얼굴을 박으며 넘어졌다.

레이니가 벌떡 일어나서 나를 떠밀어 바닥으로 넘어뜨렸을 때 솔직히 나는 많이 놀랐다. 비틀비틀 일어난 내가 다시 한번 그 애를 덮쳐서 쓰러뜨릴 자세를 취했을 때 론다 선생님이 주먹을 허리춤에 대고 경악한 표정으로 나와 레이니 사이에 끼어들었다.

"당장 그만두지 못하겠니!"

선생님이 고함을 질렀다.

"성서학교에서 이게 무슨 짓이야!"

이렇게 해서 나와 레이니는 교회 신도석에 앉아 용서와 자비와 선량함과 은총과 기타 등등을 운운하는 론다 선생님의 설교를 듣게 되었다. 론다 선생님이 가는 말이 고와야 오는 말이 곱다는 둥 했을 때는 오드리 미첼이 그 티끌 하나 없는 운동화를 신고 이 자리에 앉아 있어야 했다는 생각이 들었다. 어쩌다 한 번씩 레이니가 나를 노려보면 나도 바로 노려보았다.

이모가 나를 데리러 오자 론다 선생님은 밖으로 나가서 어떤 일이 있었는지 알렸다. 이모는 고개를 끄덕이며 "어머나", "네, 선생님", "그럴게요" 했고 우리는 아무 말 없이 차를 타고 집으로 향했다. 엄마 같았으면 너는 도대체 뭐가 문제냐고, 어쩌면 단 하루도 조용히 지나가는 날이 없느냐고 고함을 질렀을 것이다. 하지만 이모는 그러지 않았다. 손을 뻗어서 내 무릎을 토닥이며 이렇게 말했다.

"너는 하워드한테 좋은 친구로구나, 찰리."

집에 도착하자 나는 위시본을 데리고 앞마당으로 나가서 층층나무 그늘에 앉았다. 공기는 바람 한 점 없이 뜨끈했다. 붉은 흙이 깔린 마당은 건조하고 흙이 날렸다. 이모가 현관문 옆에 두고 키우는 한란은 화분 옆으로 넘쳐서 고개가 바닥에 닿았다. 텃밭에서 스프링클러가 털털거리며 뱅글뱅글 돌아가자 오크라에서 반짝이는 물방울이 뚝뚝 떨어졌고 오이 모종의 노란 꽃잎 안쪽으로 자그마한 웅덩이가 생겼다.

내가 처음 콜비에 도착했을 때만 해도 그 텃밭에는 흙 위로 고개를 빼꼼히 내민 초록색의 조그만 식물들만 줄줄이 늘어서 있을 따름이었다. 하지만 이제는 빨간색의 통통한 토마토가 하루가 다르게 굵어졌고 노란 꽃들은 밝은 초록색의 호박으로 바뀌었고 휘감은 노끈 위로 무성한 잎을 드리워 천막을 친 덩굴에는 덩굴제비콩이 뭉텅이로 매달려 있었다.

큰 어치 한 마리가 우리 곁으로 내려앉자 위시본이 귀를 쫑긋 세웠다. 녀석은 고개를 갸우뚱하면서 그 새가 울타리를 따라 심은 천수국 사이를 깡충거리며 들락날락하는 것을 구경했다.

나는 팔로 녀석을 감싸안고 길고 보드라운 녀석의 귀를 손가락 사이에 끼워서 문질렀다. 녀석은 먼지 날리는 땅바닥 위에서 꼬리를 앞뒤로 흔들며 내 얼굴을 핥았다.

"내가 장담하는데 그 개는 너를 무지막지하게 사랑해."

이모는 입버릇처럼 말했다. 나도 진짜 그렇다고 생각했다. 녀석은 나를 이 방에서 저 방으로 따라다니고, 부엌에서는 내 의자 옆에 눕고, 베란다로 나가면 내 발을 베고 잠을 자며, 한시도 내 곁을 떠나지 않는 지경에 이르렀다. 이제는 마당으로 데리고 나갈 때 목줄을 할 필요도 없었다. 어떤 나무 쪽으로 종종걸음 쳐서 킁킁거리며 냄새를 맡거나 베란다 옆 클로버 위에 앉은 호박벌을 향해 달려들면서도 늘 뒤를 흘끗 돌아보며 내가 그 자리에 있는지 확인했다. 그리고 녀석이 그럴 때마다 내 사랑은 점점 커져만 갔다.

잠시 후에 이모가 땅콩버터를 바른 짭짤한 크래커를 들고 나왔다. 이모는 크래커를 손바닥에 얹어서 위시본에게 내밀었고 녀석이 손 위로 침을 흘려도 상관하지 않았다. 그러더니 뜬금없이 말문을 열었다.

"찰리, 오늘 그렇게 하워드를 감싸고 나섰다니 정말 존경스럽다."

존경스럽다고?

이런 경우는 처음이었다.

지금까지 이 세상의 어느 누구도 나를 존경한 적이 없다고 분명하게 장담할 수 있었다.

"정말요?"

내가 물었다. 이모는 고개를 끄덕였다.

"그럼."

태양이 흙으로 덮인 마당을 내리쬐는 가운데 우리는 층층나무 그늘에 그렇게 앉아 있었다. 이모는 이모와 우리 엄마가 어렸을 때 어느 해 여름에 호수에 간 적이 있었다고 이야기를 꺼냈다.

"칼라는 평생 욕조보다 깊은 물에는 들어가 본 적이 없었거든. 그래서 선착장에 있던 칼라가 그 탁한 물속으로 떨어졌을 때 난리가 났지. 그런데 별로 어푸어푸 하지도 않고 코르크처럼 금세 물 위로 퐁 하고 튀어오르지 뭐니. 그 아이가 똑바로 누워서 하늘을 쳐다보고 있는 동안 다들 부두를 왔다갔다 하면서 고함을 질렀고 제러드 삼촌이 뛰어들었다가 새로 산 손목시계만 망가뜨렸지."

이모는 빙그레 웃으며 잠이 든 위시본 위를 날아다니는 각다귀들을 쫓았다.

"어쩔 때 보면 그 아이는 걸어다니는 기적 같았어."

나는 지금 침대에서 일어나 정신을 추스르지도 못하는 여자
가 어떻게 걸어다니는 기적이었다는 건지 궁금해졌지만 존경
이라는 단어의 여운을 아직 만끽하는 중이었다. 그래서 이번만
큼은 분위기를 망치지 않고 잠자코 있었다.

이모는 말을 이었다.

"그리고 또 한번은 칼라가 내 블라우스의 단추를 죄다 자른
적이 있었어."

이모는 손가락으로 가위를 만들어 허공을 잘랐다.

"**싹둑, 싹둑, 싹둑**. 단추들이 바닥으로 떨어졌지."

"왜 그랬는데요?"

"난들 알겠니. 어느 누구도 상상 못할 만큼 정신 나간 짓을
저지르곤 **했거든**."

그러다 이모는 갑자기 손을 뻗어서 내 무릎을 잡았다.

"음, 미쳤다는 뜻의 정신 나간 짓이 아니라 그러니까, 황당한
짓 말이야."

이모는 내 무릎을 놓고 다시 위시본 위로 날아다니는 각다귀
들을 쫓았다.

"가엾은 우리 엄마가 하셨던 말씀은 딱 하나밖에 기억이 안
나. '칼라, 그만해라.'"

나는 고개를 끄덕였다. 단추를 자르는 어린 칼라의 모습이 머

릿속에서 완벽하게 그려졌다. 싹둑, 싹둑, 싹둑.

이윽고 이모부의 차가 이리저리 튀고 끽끽거리며 자갈이 깔린 진입로를 달려왔다.

"안녕, 콩알."

이모부가 차창 밖으로 외쳤다. 차에서 내린 이모부는 이모의 뺨에 입을 맞추고 위시본의 머리를 토닥인 다음 나더러 길고 우울한 날의 끝에 비친 한 줄기 햇살이라고 했다.

그날 밤에 나는 부드럽고 따뜻한 위시본과 함께 시원한 침대보 위에 누워 붕괴된 우리 가족을 떠올렸다. 그들도 길고 우울한 날의 끝에 비친 한 줄기 햇살 같다는 내 생각을 하고 있을지 궁금했다.

스물여섯

"그게 뭐니?"

친교실에서 성서 빙고 게임을 하는데 오드리 미첼이 내 손을 가리키며 물었다. 론다 선생님은 야외에서 풍선 경주를 할 계획이었지만 오전 내내 비가 내려서 하지 못했다.

나는 손등에다 펜으로 그린 그림을 내려다보았다.

"새장에 갇힌 찌르레기."

나는 재키 언니처럼 머리칼을 뒤로 넘기며 대답했다. 오드리는 길 한복판에 납작하게 들러붙은 주머니쥐 시체라도 본 것처럼 얼굴을 찡그렸다.

"잘 봐."

나는 오드리의 얼굴을 향해 손을 내밀며 윙크했다. 언니의 행동을 전부 따라하는 중이었다. 머리칼을 넘기며 윙크하기. 멋지고 자신만만하게 행동하기. 그런데 아직 효과가 없는 듯했다. 성서학교 아이들은 아직도 대부분 나를 머릿니라도 있는 것처럼 대했다.

"뭐하러 그런 건데?"

바로 그때 아주 끝내주는 일이 벌어졌다. 한 줄기 햇살이 되고 보니 자신감 있는 척하는 게 아니라 정말로 자신감이 생겼는지 내가 오드리의 눈을 똑바로 보며 이렇게 말한 것이다.

"우리 아빠가 손등에 이거랑 똑같은 문신을 새겼거든."

자신만만하게 이 말을 내뱉은 순간 마음속의 또 다른 내가 어깨를 두드리며 물었다.

'잘한다. 이제 너희 아빠가 어디 있느냐고 물을 텐데 그럼 뭐라고 대답할래?'

하지만 기적 중의 기적이 벌어져서 오드리는 우리 아빠가 어디 있느냐고 묻지 않았다. 그냥 "아" 하고는 자기 성서 빙고 카드를 들여다보았다.

그래서 나는 두려움을 떨치고 이렇게 말했다.

"우리 아빠 이름은 쌈닭이고 지금 교도를 받는 중이야."

오드리는 빙고 카드에 토큰을 하나 더 올려놓았다.

"그게 무슨 뜻이야?"

"교도를 받는 중이라고."

내가 말했다.

"이제 곧 집으로 돌아오실 거야."

"그럼 너도 롤리로 돌아가는 거야?"

자기 빙고 카드를 들여다보던 하워드가 그 소리에 번쩍 고개를 들고 나를 빤히 쳐다보았다.

"어, 응."

내가 말했다.

"당연하지."

"언제?"

하워드가 물었다. 나는 어깨를 으쓱했다.

"잘 몰라. 쌈닭의 교도가 언제 끝나느냐에 따라 달라지겠지."

갑자기 자신감이 미친 듯이 회전하기 시작했다. 자신감이 점점 더 빠른 속도로 원을 그리다 천장을 뚫고 로키크리크 침례교회 지붕 밖으로 날아가 하늘 속으로 사라지자 나는 아픈 배와 함께 친교실에 남겨졌다. 엄지손가락에 침을 묻혀서 찌르레기 그림을 문지르자 손등에 까만 얼룩이 남았다.

문득 누군가가 "빙고!"하고 외쳤고 론다 선생님은 손뼉을 치면서 상품이 잔뜩 놓인 테이블을 가리켰다. 색칠 그림책과 반짝이 펜과 노아의 방주 모양 지우개가 있었다.

"카드 치우자."

론다 선생님이 말했다.

"다른 게임 하게."

나중에 하워드와 나는 하워드네 집 현관 앞 계단에 앉아서 스프링클러를 맞으며 노는 위시본과 코튼을 구경했다. 코튼은 흙탕물 웅덩이 위로 점프했고 위시본은 귀를 펄럭이고 꼬리를 흔들며 날렵하게 코튼을 따라다녔다.

하워드가 주근깨로 덮인 다리의 모기 물린 자국들을 긁으며 말했다.

"궁금한 게 하나 있는데 어제 어쩌다 성서학교에서 레이니를 밀치게 된 거야?"

"그게 무슨 소리야?"

내가 물었다.

"그러니까 무슨 이유로 밀쳤냐고."

"걔가 너를 놀렸잖아, 하워드."

"나두 알아."

나는 하워드를 빤히 쳐다보았다. 안경 위로 눈썹을 모으고 있는 모습이 어찌나 진지해 보이는지 하마터면 웃음이 터질 뻔했다. 하지만 하워드가 말했다.

"걔가 놀린 사람은 **네**가 아니라 **나**였잖아."

"그러면 네가 밀쳤어야 하는 거였네."

내가 말했다.

"아니지."

"왜? 너는 왜 친구들이 너를 놀리는데 아무 대응도 하지 않는 거야?"

내가 물었다.

"왜냐면 그랬다간 평생 날마다 누군가를 밀쳐야 할 테니까."

"그래서?"

"그래서, 그럴 필요가 뭐가 있느냐는 거지."

우리는 몇 분 동안 아무 말 없이 앉아 있었다. 코튼은 진흙탕 속에서 쿵쿵거렸고 위시본은 스프링클러에서 빙글빙글 뿜어져 나오는 물을 향해 덥석거렸다.

"날 놀린 건데 왜 **네가** 레이니를 밀친 거야?"

하워드가 물었다.

"왜냐하면 너한테 못되게 굴었으니까."

나는 다리에 묻은 흙탕물을 닦았다.

"으이그."

나도 모르게 이런 소리가 나왔다.

"왜 그런 데 신경을 써?"

"왜냐하면 너는 내 친구니까. 나는 내 친구한테 못되게 구는 애들이 싫으니까. 됐어?"

"내가 네 친구야?"

"당연하지."

내가 말했다.

"으이그."

그것도 몰랐냐는 듯 나는 또 덧붙였다.

"그래?"

"뭐, 응."

"그럼 내 소원이 이루어졌네!"

"그런 거야?"

"응."

하워드가 살짝 얼굴을 붉히자 주근깨가 박힌 하얀 얼굴이 옅은 분홍색으로 바뀌었다.

"뭐, 일부분은. 두 가지를 빌었거든. 하나는 이루어졌으니까 이제 너한테 얘기해도 되겠다. 우리가 친구가 되면 좋겠다고 소원을 빌었어."

맙소사! 그런 줄은 절대 짐작도 못했는데! 이름이 하워드이고 안경을 낀 빨간 머리이고 위아래로 절뚝거리며 걷는 아이가 나와 친구가 되고 싶다는 것 말고도 빌고 싶은 소원이 얼마나 많겠는가. 하지만 솔직히 고백하건대 내 얼굴에는 미소가 떠올랐고 가슴에는 희망이 느껴졌다. 소원이 정말로 이루어질지 모른다는 것 아닌가. 이루어지는 데 남들보다 오래 걸리는 소원이 있을 수도 있었다.

스물일곱

다음 날 성서학교가 끝나고 이모부가 텃밭에서 일을 하는 동안 위시본과 나는 현관에 앉아 있었다. 조그만 굴뚝새와 참새들이 마당을 깡충깡충 뛰다가 울타리 기둥 위에 놓인 새 모이장으로 푸드덕 날아올랐다. 잠시 후에 이모가 고양이 두세 마리를 거느리고 밖으로 나왔다. 이모에게서 라벤더 향이 풍겼다. 얼굴 주변에서 곱슬거리는 머리와 눈가에 잡힌 주름을 보면 엄마와 많이 닮았다는 생각을 하지 않으려야 하지 않을 수가 없었다.

뜨개질 모임이나 뭐 그런 데서 만난 어떤 아주머니 이야기를 꺼낼 줄 알았는데 이모는 이렇게 말했다.

"그 쪽지 봤어."

나는 속이 뒤틀렸고 잠깐 겁이 났다.

"음…"

"네 도시락 통에 넣은 쪽지 말이야."

이모가 말했다. 내가 도대체 무슨 말을 할 수 있겠는가. 그런 쪽지를 쓰다니 바보 같은 어린애가 된 기분이었다. 이 순간만큼은 이모가 내 앞에서 사라지면 좋겠다는 생각이 들었다. 나는 그 쪽지에 대해서 이야기하고 싶지 않았다.

하지만 이모는 사라지지 않았다. 자기 무릎 위에서 가르랑거리는 고양이를 토닥이며 텃밭에서 잡초를 뽑는 이모부를 내다보았다. 그러다 다시 말문을 열었다.

"있잖니, 찰리. 나하고 거스는 전부터 아이를 낳고 싶었어."

이모는 위시본의 배를 맨발로 문질렀다.

"우리는 같이 사는 동안 많은 축복을 누렸지만 아이라는 축복은 누리지 못했지. 그래서 음…"

나는 위시본을 문지르는 이모의 발을 쳐다보며 다음 말을 기다렸다.

"그게, 내가 엄마라는 역할에 익숙하지 않은 것 같아."

나는 심장이 철렁 내려앉았고 뭐라고 대꾸하면 좋을지 열심히 머리를 굴렸지만 아무 생각도 나지 않았다.

이모는 말을 이었다.

"그 쪽지를 보니 나한테 화가 나더라. 네 나이 또래 여자아이들은 도시락에 그런 쪽지를 넣어주면 기뻐했을 텐데 내가 왜 몰랐을까? 그 생각을 미리 했더라면 정말 좋았을 텐데 하지 못했어. 그 무지개 도시락 통이 얼마나 유치한지 몰랐던 것처럼 말이야."

이모는 내 무릎 위에 손을 얹었다. 햇볕을 쪼이며 한참 동안 일을 하느라 까맣게 탄 손이었다. 텃밭의 잡초를 뽑느라 손톱은 거칠고 까맸다.

"그러니까 내가 배워나가는 동안 네가 좀 참아주면 좋겠어."

나는 고개를 숙이고 끄덕였다. 뭔가 듣기 좋은 말을 해야 했다. "아, 걱정 마세요. 무지개 도시락 통은 별일도 아니었는걸요"라고 해야 했다. "그 바보 같은 쪽지는 벌써 잊어버렸어요"라고 해야 했다.

하지만 실제로는 그 자리에 앉아서 이모의 따뜻한 손을 느끼며 이모에게서 풍기는 라벤더 향을 맡는 것 말고는 아무것도 할 수가 없었다.

"우리, 가서 이모부 도와주자."

이모가 말했다. 우리 셋은 잡초를 뽑고 콩을 따고 천수국에서 마른 꽃잎을 떼어냈다. 위시본은 문 밖에 앉아서 들여보내달라고 낑낑거렸지만 땅을 파헤치기 때문에 허락할 수 없었다.

일이 끝나자 우리는 이모부의 차를 타고 하워드를 태워서 아이스크림을 먹으러 산을 내려갔다. 위시본은 바람에 미친 듯이 귀를 펄럭이며 차창 밖으로 고개를 내밀었고 하워드와 나는 성서학교에서 배운 노래를 불렀다.

가끔 시선이 닿는 끝까지 산들이 보이는 빈터를 지날 때도 있었다. 나무 위로 연기처럼 푸르스름한 안개가 드리워져 있었다. 콜비에 온 첫날, 이모부가 그래서 블루리지 산이라고 부른다고 했던 게 생각났다. 모르는 아이들과 스쿨버스를 타고 이 마을을 지나면서 길가의 빨래방과 이동식 주택 주차장과 허름하고 조그만 주택을 볼 때마다 내 평생 그렇게 한심한 풍경은 처음이라고 생각했던 게 엊그제 일처럼 느껴졌다. 그런데 지금은 내 친구 하워드와 성서학교에서 배운 노래를 부르고 내 개를 감싸 안으며 이제는 익숙해진 콜비의 풍경을 내다보고 있다. 이런 일이 더 이상 그렇게 한심하게 느껴지지 않았다.

이모는 차 앞자리에서 가는 내내 종알거렸고 이모부는 말없이 고개만 끄덕였다. 우리는 데어리 프리즈에서 산 아이스크림을 피크닉 테이블로 들고 나와서 여름 무더위에 콘 밖으로 녹아내린 아이스크림이 우리 무릎으로 뚝뚝 떨어지기 전에 열심히 먹어치웠다. 이모는 종이컵에 아이스크림을 조금 덜어서 위시본에게 주었고 하워드는 마지막 한 입을 양보했다.

집으로 가는 길에 나와 하워드가 이모와 이모부에게 성서학
교에서 배운 노래를 몇 개 가르쳐주고 있는데 아주 근사한 사건
이 벌어졌다. 노란 객차를 본 것이다. 롤리에서 우리 옆집에 살
았던 정신 나간 풀턴 배너 할아버지 덕분에 알게 된 것인데 노
란 객차도 소원을 빌 수 있는 조건 목록에 들어 있었다.

"노란 객차는 흔치 않지. 그게 보이거든 소원을 빌거라."

할아버지가 말했다. 하지만 지금 이 순간에는 굳이 소원을 빌
필요가 있을까 하는 생각이 들었다. 어쩌면 시간 낭비일 수 있
었다. 하지만 내 안에서 누군가가 포기하지 말고 계속 빌어보라
고 했다. 아무도 모르는 일 아니냐고 했다.

나는 멀어져가는 노란 객차를 돌아보며 소원을 빌었다.

스물여덟

블루리지 산의 여름은 이렇게 흘러갔다. 성서학교가 끝나니 하워드네 집 현관에서 카드 게임을 하거나 위시본을 데리고 개울로 놀러 다니기만 하면 돼서 기뻤다. 어떤 날은 자전거를 타고 정처 없이 돌아다녔고 가끔은 집 앞 진입로 끝에 수레를 갖다놓고 채소와 피클을 팔았다. 오덤 부인은 내게 코바늘뜨기를 가르쳐주었고 이모의 목도리를 뜰 수 있게 도와주었다. 이모부는 나를 데리고 고기를 잡으러 다녔고 나는 심지어 주일학교에서 성서 동전도 몇 개 딸 수 있었다.

재키 언니는 어쩌다 한 번씩 전화를 했다. 이제는 오토바이를 몰고 다니는 제이크라는 남자친구를 새로 만난다고 했다. 캐럴 리의 부모님은 그를 마음에 들어 하지 않았다.

"그러거나 말거나. 나는 신경 안 써."

언니가 말했다. 언니는 원하던 은행에는 취직하지 못했지만 보험 대리점에서 서류 정리할 직원을 찾는 고마운 사람을 만난 덕분에 드디어 와플 가게를 그만둘 수 있었다.

나는 쌈닭에게 편지를 몇 통 더 받았다. '여기는 요즘 정말 덥다' 아니면 '감옥 음식을 먹었더니 점점 살이 찌는구나. 하하' 이런 말만 있을 뿐 별다른 내용은 없었다.

나는 여전히 날마다 소원을 빌었다. 아직은 포기할 마음의 준비가 되지 않았기 때문이었다. 나는 내 위로 내려앉은 나비, 낙타 모양 구름, 집 안으로 들어온 귀뚜라미, 내 넷째 손가락에서 반짝이는 반딧불이에 대고 소원을 빌었다. 네 잎 클로버도 한 개 더 찾았고 주차장에서 1센트짜리 동전도 발견했고 한번은 주 경계선을 지나서 테네시로 넘어간 적도 있었는데 그럴 때 먼저 손뼉을 세 번 친 다음 소원을 빌면 효과 만점이라고 했다.

그러던 어느 날 사회복지과 여직원이 이모네 집으로 찾아왔다. 그 직원은 이쪽저쪽으로 시선을 옮겨가며 사소한 부분 하나 놓치지 않고 집 안을 기웃거렸다. 소파에 묻은 고양이털에는 얼굴을 찡그렸고 내 방에 있는 피클용 유리병들을 보고서는 눈썹을 추켜세웠다. 이모는 내가 집안일을 얼마나 많이 거드는지 모른다는 둥, 여름방학 성서학교를 얼마나 좋아했는지 모른다는 둥 쉴 새 없이 종알거리며 그 직원의 뒤를 따라다녔다. 물론 레이니와 그 바보 같은 도시락 쪽지 얘기는 하지 않았다.

"그리고 이 아이가 키우는 개도 보세요!"

이모는 뒷문 옆에서 코를 골고 있는 위시본을 턱으로 가리키며 말했다.

"얼마나 살뜰하게 보살피는지 몰라요. 먹이고. 산책시키고. 매일 밤 베개를 같이 베고 자요."

여직원은 그 소리에 다시 얼굴을 찡그렸고 잠깐 얘기를 나눌 만한 곳이 있느냐고 물었다.

"베란다로 나갈까요?"

이모가 말했다. 이렇게 해서 우리는 산마루 위로 높이 뜬 오후의 태양이 비치는 베란다로 나가서 앉았다. 이모부의 자리에 앉은 여직원이 롤리의 상황이 나아졌다고 전했다. 이모의 얼굴이 하얘졌고 그걸 본 내 뱃속이 울렁거렸다.

나아졌다고?

그 여직원은 엄마가 점점 좋아지고 있고 노력하고 있어서 기회를 줄 만하다고 말을 이었다. 그러면서 친부모와 함께 사는 것이 아이들에게는 가장 좋다고 했다.

"그게 가능한 경우에는요."

여직원이 얼른 덧붙인 말이었다.

그 직원은 그 뒤로도 계속 횡설수설했지만 내 귀에 들린 것이라고는 **찰리의 행복**과 **관리**와 **안정적인 환경**이라는 단어뿐이었다.

이모는 떨리는 손으로 계속 머리를 쓸어넘기며 고개를 끄덕였고 그 여직원은 몇 주 안으로 나를 데려갈 사람을 보내겠다고 했다. 그것으로 끝이었다.

믿기지 않겠지만 나는 머리가 빙글빙글 돌았다. 왜 그렇게 겁이 났을까? 그 베란다에 계속 앉아 있는데 혼란스러움이 성난 벌떼처럼 내 주변을 뱅글뱅글 돌았다. 좋아해야 하는 거 아닌가? 롤리로 돌아가고 싶어 하지 않았던가? 콜비의 이 촌닭들을 싫어하지 않았던가? 친구라고는 위아래로 절뚝거리는 남자아이뿐이고 산비탈에 매달린 허름하고 낡은 집에서 신데렐라 베갯잇을 베고 자야 하는 여기서 벗어나고 싶어 하지 않았던가?

그때 어떤 생각 하나가 들자 나는 벌떡 일어나서, 이모가 진입로 위로 멀어져가는 그 여직원의 차를 바라보고 있는 현관으로 달려갔다.

"위시본은 어떡해요? 저 아줌마한테 위시본 없이는 안 간다고 얘기하세요!"

나는 외쳤다.

이모는 뺨을 훔치고 나를 끌어당기더니 완벽하게 이모다운 말을 했다.

"내가 제대로 해결해줄게, 찰리. 약속해."

스물아홉

다음 날 엄마가 전화를 했다. 이모가 부엌 벽을 바라보며 부드럽고 나지막한 목소리로 먼저 통화를 했다.

"알아, 칼라, 하지만…"

"…찰리를 생각해서…"

"…그건 불공평한…"

마침내 이모가 내게 수화기를 건넸다.

"여보세요?"

어린애가 된 듯한 기분이었다. 나는 왜 언니처럼 강하고 자신만만하게 얘기하지 못하는 걸까?

엄마는 내가 얼른 집으로 돌아왔으면 좋겠다고, 정말 외로웠다고, 그동안 어떤 일들을 겪었는지 아무도 모를 거라고 했다.

"재키는 썩을, 자기가 어른이 다 됐다고 생각하는지 집에 오지 않겠다고 하더라. 그래도 나야 상관없지만."

엄마가 말했다.

그러고 나서 엄마는 쌈닭 이야기를 꺼냈다. 아무 짝에도 쓸모없는 물건이고 엄마를 비참하게 내팽개쳤다고 했다.

"내 생각을 해주는 사람은 아무도 없는 거니?"

나는 내 대답을 바라고 던진 질문이 아니라는 걸 알았기에 아무 대꾸도 하지 않았다.

"쌈닭은 새장에 갇힌 찌르레기 문신을 손등에 새겼대요."

내가 말했다. 그러자 어떤 일이 벌어졌을까?

엄마가 전화를 끊어버렸다!

딸깍.

그냥 그렇게 끊어버렸다.

"왜 그래?"

이모가 물었다. 나는 어깨를 으쓱했다.

"문신 이야기가 듣기 싫었나 봐요."

이모는 입을 떡 벌린 채 나에게서 전화기로, 그랬다가 다시 나에게로 시선을 옮겼다.

"연결이 끊긴 거겠지."

이모가 말했다.

"다시 전화할 거야."

그래서 우리는 냉장고가 웅웅거리는 소리와 고양이 한 마리가 우리 옆에서 가르랑거리는 소리를 들으며 서서 전화기를 쳐다보았다.

하지만 전화벨은 울리지 않았다.

이모는 고개를 저었다.

"걔는 달라진 게 없구나. 칼라, 칼라, 칼라. 늘 자기 위주로 세상이 돌아가야 하지."

그러더니 곧바로 내 어깨를 잡으며 말했다.

"미안, 찰리. 이런 소리하면 안 되는 건데."

"괜찮아요."

"아니야. 그렇지 않아. 네 엄마잖니."

나는 이모에게 내가 정말 롤리로 돌아가야 하느냐고 묻고 싶었지만 겁이 났다. 이모가 제대로 해결해주겠다고 하지 않았던가? 하지만 그게 무슨 뜻이었을까?

나는 울렁거리는 속을 가라앉히기 위해 하워드네 집까지 걸어가기로 했다. 위시본의 목걸이에 줄을 달고 같이 길을 나섰다. 나는 녀석이 잡초 더미에 대고 코를 킁킁거리거나 길가에 뒹구는 깡통을 살필 수 있게 때때로 걸음을 멈추었다. 하워드네 집이 눈앞에 보일 때까지 울렁거리는 내 속은 가라앉을 줄 몰랐다. 하지만 그 집을 보자마자 다시 평소로 돌아갔다. 잡초로 뒤덮인 그 집 마당에는 공과 연장과 신발 들이 어지럽게 널려 있었다. 진입로에 세워놓은 트럭 밑으로 벌의 다리가 보였다. 차고에 있는 오덤 아저씨의 작업장에서 라디오 음악이 흘러나왔다. 코튼은 길가를 따라서 벽돌을 쌓고 있었고 레니는 야구방망이로 돌멩이를 쳐서 땡그랑 소리를 내며 도로 표지판을 맞혔다. 하워드는 계단에서 십자말 퀴즈를 풀고 있었다. 내가 현관에 도착했을 무렵에는 오덤 부인이 벌써 문 밖으로 나와서 위시본에게 치즈를 한 조각 주고 있었다.

나는 잠깐 동안 아무 말 없이 계단에 앉아서 퀴즈를 푸는 하워드를 구경했다. 하워드의 좋은 점은 같이 있으면서 말을 해도 되고 하지 않아도 된다는 것이었다. 어떻게 하든 하워드는 즐거워했다.

우리는 안으로 들어가서 모노폴리를 했다. 나는 개인적으로 그 게임을 재미없다고 생각하지만 하워드가 좋아했다. 위시본이 바닥에 진흙을 묻혀도 오덤 부인은 전혀 신경 쓰지 않았다. 오덤 부인은 오렌지 맛 젤리를 커피 머그에 담아서 가져다주었고 코튼이 소파 위로 뛰어올라가도 아무 소리하지 않았다.

나는 실눈을 뜨고 다니는 사회복지과 직원이 찾아왔는데 우리 집의 상황이 나아졌다고 하더라는 얘기를 꺼내려고 얼마나 애를 썼는지 모른다. 웃는 얼굴로 심호흡을 한 다음 "그거 알아? 나 롤리로 돌아가게 됐다!"라고 말하고 싶었다.

하지만 하워드가 보드워크에 호텔을 하나 더 짓는 동안 나는 가만히 앉아서 오렌지 맛 젤리만 먹었다.

언니가 그날 저녁에 전화해서 나를 다시 만날 날을 손꼽아 기다리고 있다고 말했다. 언니는 새 남자친구 제이크가 나를 오토바이에 태워줄 테고, 원하면 내 머리도 파란색으로 군데군데 염색해주겠다고 했다.

"그리고 드디어 아파트를 구했어, 찰리. 그러니까 너도 방 하나를 혼자서 쓸 수 있고⋯."

"롤리로 돌아가고 싶지 않아."

내가 말했다. 정적이 흘렀다.

"내 말 못 들었어? 롤리로 돌아가고 싶지 않다고."

나는 고함을 질렀다.

"어째서?"

"여기 콜비에서 살고 싶으니까."

"하지만 나는 네가 롤리로 돌아오고 싶어 하는 줄 알았는데."

언니는 땅이 꺼질 듯이 한숨을 쉬더니 그렇게 내가 **이러지 않**

았느냐, **저러지** 않았느냐 잔소리를 늘어놓기 시작했다. 내가 무슨 수로 언니의 말에 반박할 수 있겠는가. 실제로 언니는 온갖 얘기를 **했었다**. 이모와 이모부는 나를 공주 대하듯이 하고, 마음씨 좋은 오덤 가족은 나와 함께 저녁을 먹어서 감사하다고 기도를 드리지 않느냐고. 하워드만큼 좋은 친구가 또 어디 있느냐고. 아름다운 산과 별이 보이는 조그만 베란다가 있지 않느냐고. 내가 지금까지 그 모든 것을 **알아차리지** 못했을 따름이다. 소원을 비느라 바빠서 실상을 파악하지 못했을 따름이다.

"하지만 이모가 제대로 해결해준댔어."

나는 언니에게 말했다.

"그게 무슨 뜻인데?"

언니가 물었다.

"나도 잘 몰라."

그러자 언니는 나중에 다시 전화하겠다고 했다. 나는 침대에 누웠지만 속이 너무 불편해서 잠을 이룰 수가 없었다. 위시본의 따뜻한 옆구리에 뺨을 대고 녀석의 느리고 일정한 숨소리를 들었다. 심지어 고민거리들이 걸린 **빨랫줄** 생각도 할 수 없었다. 고민거리가 너무 많아서 **빨랫줄**이 무너져버렸나 보다.

서른

다음 날 엄마가 다시 전화했다. 이모에게 말하는 엄마의 목소리가 수화기와 부엌을 넘어서 내 귀에 분명하게 들렸다. 큰 소리로 속사포처럼 말을 쏟아내고 있었다.

이모는 계속 "진정해, 칼라" 아니면 "그게 지금 무슨 소리니?"라고 했다.

그러더니 "잠깐, 뭐라고?"라고 했다.

"채터누가?"

"누구랑?"

"얼마나?"

이모는 계속 고개를 저었고 시시각각으로 얼굴이 점점 벌게졌다. 그러더니 고함을 질렀다.

"찰리는 어쩌고? 네 딸은 어쩌고?"

이모는 고양이가 쥐를 물고 들어올 때라면 모를까 화를 내는 경우가 거의 없었기에 고함을 지르는 모습이 조금 충격적이었다. 하지만 그건 시작에 불과했다. 이모는 정신 차리고 엄마답게 굴라며 엄마에게 맹공을 퍼부었다. 가끔은 자기 말고 남도 생각할 줄 알아야 하는 거라고도 했다.

"그러니까 채터누가에 나풀나풀 다녀와서 상태가 좋아지고 마음의 준비가 되면 엄마 노릇을 하겠다는 거니, 칼라?"

그리고 나서 이모는 자기 손에 들린 수화기를 빤히 쳐다보았다. 수화기 저편에서 흐르는 정적이 그 조그만 부엌을 무겁고 슬프게 감쌌다.

"저, 롤리로 돌아가는 거예요?"

나도 모르게 이 소리가 내 입에서 불쑥 튀어나왔다.

"아니, 아니야."

이모가 말했다. 그리고 나서 이모는 몇 군데 전화할 데가 있다며 나더러 하워드의 집에 가 있어야겠다고 했다.

나는 실눈을 뜨고 다니는 사회복지사가 찾아왔는데 우리 집의 상황이 나아졌다고 했다는 것에서부터 "아니, 아니야"라고 한 이모의 대답에 이르기까지 하워드에게 모든 것을 털어놓았다. 내 이야기가 끝나자 하워드가 말했다.

"버서 아주머니 진짜 짱이다, 그치?"

이렇게 안 좋은 상황에서도 딱 한 가지 좋은 점을 찾아내다니 히워드다웠다. 나는 커피 머그에 오렌지 맛 젤리를 만들어주기는커녕 채터누가로 나풀나풀 놀러가는 엄마에 대해서 하워드가 어떻게 생각할지 궁금해졌다. 우리 가족이 이렇게 콩가루인데도 여전히 나하고 친구로 지내고 싶을지 궁금해졌다.

하지만 하워드가 "우리, 요새 만들자"라고 한 순간 그 생각은 내 머리 밖으로 날아가버렸다.

우리는 오후 내내 그 집의 다 쓰러져가는 먼지투성이 차고를 뒤져서 요새 만드는 데 쓸 재료를 찾았다. 나무 조각. 다리 없이 뒤틀린 테이블. 총알 구멍이 숭숭 뚫린 녹슨 정지 표지판.

코튼은 우리 뒤를 졸졸 따라다니며 "이건 어때?" 하면서 망가진 햄스터 우리나 빈 페인트 깡통처럼 한심한 물건들을 들어보였다. 위시본은 그 차고에서 새 모이 봉지를 뜯어 먹거나 고장 난 라디에이터에 둥지를 틀고 있을지 모르는 쥐나 다람쥐나 기타 등등을 찾느라 미친 듯이 킁킁거리고 다녔다.

레니와 벌의 도움을 받아서 모든 준비물을 마당 옆 숲으로 운반하고 나자 하워드는 현관에 앉아서 요새 설계도를 그리고 싶어 했다. 나 같으면 당장 만들기에 뛰어들겠지만 하워드는 아니었다. 하워드는 계획주의자였다.

우리는 잠깐 요새를 만들었지만 곧 너무 더워져서 안으로 들어가 선풍기 바로 앞 거실 바닥에 누웠다.

나는 물 얼룩이 진 천장을 올려다보며 말했다.

"롤리로 돌아가지 않으면 좋겠다."

목소리가 떨렸고 눈물이 나오려고 하는 바람에 침을 꿀꺽 삼켜야 했다.

하워드가 "롤리로 돌아가고 싶어 하는 줄 알았는데"라고 하지만 않길 바랄 따름이었다.

하워드는 그렇게 말하지 않았다.

"가지 않을 거야"라고 했다.

"네가 어떻게 알아?"

"그냥 알아."

워낙 단호하고 확신에 찬 말투라 나는 바로 기분이 좋아졌다.

잠시 후에 오덤 부인이 들어와서 이모가 이제 그만 집에 오라고 전화했다고 알렸다. 그래서 나는 위시본의 목줄을 레니의 자전거에 묶고 다시금 울렁거리기 시작하는 속을 달래며 길을 나섰다.

이모가 결국 제대로 해결하지 못했다고 말하면 나는 어떻게 해야 할까?

서른하나

집으로 돌아가 보니 퇴근한 이모부가 정원용 의자에 앉아서 순무 잎을 물 양동이에 담그고 있었다.

"오, 우리 콩알 왔구나."

나를 보고 이모부가 외쳤다. 위시본이 흙투성이 순무 잎이 담긴 양동이의 물을 핥아먹자 이모부와 나는 웃음을 터뜨렸다. 이모의 고양이 룰라 메이가 도도하게 걸어오더니 위시본의 다리에 대고 머리를 비볐다. 위시본은 애석해하는 눈빛으로 나를 쳐다보면서도 가만히 있었다.

나중에 이모가 순무 잎과 옥수수 빵과 참치 캐서롤을 식탁에 차려놓으며 일단 저녁을 먹은 다음에 하나부터 열까지 전부 얘기하자고 했다.

나는 하나부터 열까지 전부 얘기하자는 게 무슨 뜻인지 알 수 없었기에 그냥 알겠다고 했다. 하지만 속으로는 겁이 났다. 나는 접시에 담긴 참치 캐서롤을 뒤적였고 이모가 친구 아들이 집을 뛰쳐나가서 군에 입대했더라는 얘기를 하는 동안 별 말을 하지 않았다.

"아니, 그런데 그 친구가 어찌나 울면서 하소연을 늘어놓던지 누가 봤으면 아들이 절벽에서 뛰어내린 줄 알았을 거야."

이모가 말했다.

저녁식사가 끝나자 나는 상 치우는 것을 거들었고 그런 다음 다 같이 베란다로 나가서 바닐라 아이스크림을 곁들인 복숭아를 먹었다. 나는 저 아래에서 반짝이는 반딧불이들을 바라보며 이모가 하나부터 열까지 전부 얘기할 순간을 기다렸다.

마침내 이모가 말문을 열었다.

"자, 찰리. 오늘 사회복지과에 전화해서 너희 집 상황이 나아진 것 같지 않다고 얘기했다. 그쪽에서 착각한 모양이라고."

"그러셨어요?"

"응."

이모는 그쪽에서 알아보기로 했다고 말했다. **재평가**와 **안정적인 환경** 등 사회복지과 직원들이 쏨직한 단어들을 동원해가며 그 소식을 전했다.

"며칠 안으로 다시 연락 주기로 했어."

이모가 말했다.

이 자리에서 밝히지만 그 며칠이 내게는 몇 년과도 같았다. 하루 종일 근심이 나를 따라다녀서 속이 뒤집히고 심장이 미친 듯이 뛰었다.

하워드는 계속 말했다.

"날 믿어. 너는 롤리로 돌아가지 않을 거야."

하지만 내가 그걸 어떻게 아느냐고 물으면 하워드는 "그건 말 못해. 그냥 날 믿어"라고 했다.

나는 하워드를 믿고 싶은 마음이 굴뚝같았지만 뱃속에서 똬리를 튼 근심이 가실 줄 몰랐다. 코를 고는 위시본과 나란히 침대에 누워 있으면 내가 콜비의 모든 것을 어쩌면 그렇게 오해할 수 있었을까 하는 생각이 끊임없이 머릿속을 맴돌았다. 언니는 이곳의 여러 장점을 한눈에 알아보았는데 나는 왜 그러지 못했을까. 하워드도 그랬다. 언니와 하워드는 둘 다 어디에서든 좋은 면을 볼 줄 알았다.

나는 위시본의 따뜻한 옆구리에 머리를 대고 자그마한 내 방에서 다짐했다. 결국 어떻게 되든 언니와 하워드처럼 좋은 면을 보려고 노력하겠다고. 어쩌다 한 번씩 쌈닭에게 물려받은 성질이 폭발하면 "파인애플"이라고 외쳐야 할 것이다. 하지만 누가 알겠는가. 열심히 노력하면 언젠가는 누군가에게 "착하다"는 소리를 들을 수 있을지.

며칠이 느릿느릿 지나갔고, 이곳을 떠날지도 모른다고 생각하니 뭘 볼 때마다 어린애처럼 울음이 터지려고 했다. 발치에 고양이를 두고 스토브 앞에서 수프를 젓는 이모. 기름때 묻은 야구 모자를 쓰고 텃밭에 나가서 토마토 모종에 달라붙은 초록색의 징그러운 벌레들을 떼어내는 이모부. 심지어 창고와 베란다와 정원용 의자와 내 방 선반에 줄줄이 놓여 있는 피클용 유리병마저 나를 슬프게 만들었다.

하워드네 집에서 정신없이 지내려고 했지만 그 집에 있는 것 자체가 내 가슴을 후벼 팠다. 현관에 놓인 낡고 허름한 소파. 자전거와 공과 지저분한 운동화들로 가득한 마당. 그리고 성이라도 짓는 것처럼 요새 설계도를 들여다보다가 늘 그렇듯 위아래로 절뚝거리며 마당 옆으로 향하는 하워드.

며칠이 지난 후 나와 이모가 베란다에서 점심으로 달걀 샐러드와 샌드위치를 먹고 있을 때 드디어 부엌 전화벨이 울렸다. 이모는 전화를 받아 잠깐 통화를 하다 밖으로 나왔는데 뭔가 좋은 일이 벌어지려는 표정을 짓고 있었다.

"나랑 거스랑 같이 여기서 살면 어떻겠니, 찰리?"

이모가 물었다. 나는 심장이 터질 것 같았다.

"여기서요?"

내가 물었다.

이모는 고개를 끄덕였다.

"응."

"얼마나요?"

그러자 이모는 언니가 떠나기 전날 밤에 내 방에서 했던 말과 똑같은 말을 했다. 쌈닭은 영원히 쌈닭일 수밖에 없고 엄마는 영원히 엄마일 수밖에 없다고 말이다. 그러고는 자기에게 숨이 붙어 있는 한 나를 위해 뭐든 제대로 해결해줄 거라고 했다.

나는 펄쩍펄쩍 뛰며 허공에 대고 주먹을 휘두르고 저 아래 계곡 너머로 울려 퍼지도록 환호성을 지르고 싶었다. 날개처럼 두 팔을 펼치고 그 베란다에서 뛰어내려 나무를 지나 구름 속으로 날아오르고 싶었다. 위시본과 함께 춤을 추고 하워드의 집으로 달려가서 하워드에게 이 소식을 전하고 싶었다.

하지만 먼저 이모를 끌어안았다.

"네, 이모. 이모랑 이모부랑 같이 여기서 살고 싶어요."

나는 이모를 한 번 더 꼭 끌어안고 이렇게 덧붙였다.

"아주 많이 그러고 싶어요."

이모는 눈물이 그렁그렁 맺힌 눈으로 나를 바라보며 물었다.

"내일 눈을 뜨자마자 내가 뭘 할 건지 아니?"

"뭘 할 건데요?"

"네 방에 두었던 피클용 유리병들을 하나도 남김없이 치울 거야."

우리는 웃음을 터뜨렸고 나는 하워드의 집에 가서 하워드에게 이 소식을 전해도 되느냐고 물었다.

이렇게 해서 나와 위시본은 오덤 가족의 집까지 달려가서 현관 앞 계단을 뛰어 올라갔다. 나는 방충망이 달린 문을 두드리며 고함을 질렀다.

"여러분!"

누군가가 나와서 문을 열어줄 때까지 기다리지도 않고 거실로 달려 들어갔다. 별로 좋은 짓이 아니라는 걸 알았지만 어쩔 수가 없었다.

소파에 앉아 있던 하워드가 벌떡 일어섰고 오덤 부인은 부엌에서 달려 나왔다. 나는 말했다.

"저 여기서 살게 됐어요! 롤리로 돌아가지 않아도 된대요!"

오덤 부인은 나를 끌어안으며 이렇게 기쁜 소식은 처음이라고 했고, 하워드는 "내가 뭐랬냐" 하고는 그만이었다.

그러더니 하워드는 위시본에게 바닐라 웨이퍼 반쪽을 주며 말했다.

"나는 네가 여기서 살게 될 줄 알고 있었어."

"어떻게 알았어?"

내가 물었다.

"왜냐하면 그게 내 다른 한 가지 소원이었으니까."

하워드가 말했다.

"그날 개울에서 말이야. 너랑 친구가 됐으면 좋겠다는 거랑 네가 여기 콜비에서 살았으면 좋겠다고 소원을 빌었거든."

"그랬어?"

하워드는 고개를 끄덕였다.

"응. 그리고 너랑 친구가 됐으면 좋겠다는 소원이 이루어졌으니까 나머지 하나도 이루어질 줄 알았어. 그런데 비밀이 원칙이니까 너한테 얘기할 수 없었지. 소원을 말하면 이루어지지 않는다고 했잖아."

하워드가 그런 소원을 빌었다니 믿을 수 없었다.

나는 집으로 돌아가는 길에 그동안 숱하게 빌었지만 이루어지지 않은 내 소원을 생각했다. 그리고 한 번 만에 소원을 이룬 하워드를 생각했다.

그래도 집으로 향하는 자갈 깔린 진입로로 접어드는 내 발걸음은 깃털처럼 가벼웠다.

그날 저녁식사를 마친 뒤에 우리는 베란다에 앉아서 블랙베리 코블러를 먹으며 이모의 이야기를 들었다.

"한 번은 고양이 세 마리를 태우고 가던 도중에 어딘지 모를 곳에서 기름이 떨어진 적이 있었어. 기억나, 여보?"

이모부는 고개를 끄덕였다.

"응."

그러자 이모는 만족스러운 듯 숨을 내쉬며 이렇게 말했다.

"우리가 이런 가족을 이루게 될 줄은 정말 상상조차 하지 못했는데. 당신은 어땠어, 여보?"

이런 가족이라고?

내가 잘못 들은 건 아니겠지?

내가 잘못 들은 게 **아니었다!**

가족.

진정한 가족.

나를 챙기고 콩알이라고 부르며 내일 당장 내 방에 두었던 피클용 유리병을 치우겠다는 가족.

해체되지 않은 가족.

오랫동안 내가 소원했던 가족.

나는 축복의 정원에 단 내 꽃에 '우리 가족'이라고 쓰고 싶어서 일요일이 손꼽아 기다려졌다.

갑자기 이모가 외쳤다.

"별이다! 샛별! 다 같이 소원을 빌자!"

나는 산 위에서 반짝이는 그 별을 올려다보며 소원을 비는 대신 눈을 감고 소나무 향이 나는 공기를 들이마셨다.

내 소원이 마침내 이루어졌기 때문이다.

이 책에 쏟아진 찬사들

—

상처와 분노, 아픔을 솔직하게 털어놓으며 소원을 비는 찰리를 꼭 안아주고 싶어진다. 현실적이면서도 따뜻한, 진심 어린 이야기다. _커커스 리뷰

학교와 집, 마을 사람들까지 모든 등장인물이 생생하게 살아 움직인다. 찰리의 소원이 이루어질 때까지 한시도 눈을 뗄 수 없었다. _북리스트

바바라 오코너는 어디에도 속하지 못한다고 생각하는 외로운 아이들에게 가슴을 울리는 진실한 이야기를 들려준다. 책을 덮은 후에도 계속해서 찰리와 위시본을 응원하고 싶어진다. _스쿨 라이브러리 저널

바바라 오코너는 투박하지만 다정한 말투로 찰리가 겪는 불행의 핵심을 꿰뚫는다. 그러면서도 우리가 기대하는 방식이 아니더라도 찰리의 소원이 이루어질 수 있다는 것을 훌륭하게 보여준다. _혼 북

찰리의 이모가 준비한 옥수수 수프처럼, 세상을 조금 더 따뜻하고 밝게 만들어주는 이야기다. _북페이지

바바라 오코너는 냉소적이고 복잡한 소설을 읽을 준비가 아직 되지 않은 어린 독자들을 위해 언제나 따뜻하고 재미있는 이야기를 들려준다. _아동 문예지, 불레틴 오브 센터

따뜻한 가족 이야기가 그리웠다. 드라마나 영화 속 '가짜' 가족과 달리 이 소설은 내가 원했던 가족 이야기를 담고 있었다. 사고뭉치 찰리, 교도소에 간 싸움꾼 아빠, 우울증으로 침대에만 누워 있는 엄마. 그런 찰리에게 어느 날 새로운 울타리가 생겨 찰리의 인생이 차차 변화하기 시작한다.

인간은 혼자 성장할 수 없으며 누군가의 영향을 받아야만 하고, 사랑과 관심 속에서 커나간다고, 소설은 말하고 있다. 나쁘기만 하던 자신의 삶을 좋은 쪽으로 바꾸기 위해 어떻게 해야 하는지

어린 소녀 찰리가 몸소 보여준다. _'kkandol32' 님

성장한다는 것은 자신이 모르던 과거의 어느 날, 엄마가 자신과 가족을 모두 버리고 떠났었다는 사실을 알게 되는 것. 아무리 빌어도 이루어지지 않는 소원이 있다는 사실을 알게 되는 것. 마음이 온전치 못한 엄마는 계속해서 아이들을 돌보지 못할 것이고, 교도소를 들락거리는 쌈닭 아빠 역시 가족으로서는 부적합하다는 사실을 받아들이는 것. 엄마의 걱정거리 빨랫줄에는 더 이상 자신이 없다는 사실을 받아들이는 것. 어떤 수용 안에는 새로운 미래가 기다리고 있다. _'게스' 님

누구나 행복한 가정에서 살고 싶어 하지만, 많은 아이들이 다양한 이유로 파괴된 가정에서 상처를 입은 채 살아간다. 그 아이들의 상처를 치유하기 위해서는 제2의 가정이 필요하다. 찰리의 이모네처럼. 찰리의 새로운 친구 하워드가 사는 시골 마을처럼. 소중한 반려견 위시본처럼.
가족 때문에 아파하는 청소년들과 자녀를 양육하는 부모들이 모두 읽으면 좋겠다. _'책숲' 님

어린 찰리가 그토록 바라던 것이 다름 아닌 '가족'이었다는 점

을 생각하면 행복이라는 게 결코 멀리 있지 않은 것 같다. 행복한 가정을 위해 어른인 나는 무엇을 소중히 해야 할지 다시금 생각해볼 수 있었다. _'소롱매냑' 님

사랑하는 가족에게 상처 입고 잔뜩 화가 난 채 살아가는 어린 소녀 찰리에게 무한한 긍정과 배려, 헌신적인 기다림으로 사랑을 표현한 이모와 이모부, 친구 하워드, 강아지 위시본까지, 진정한 가족의 의미를 더없이 아름답게 그려낸 책이다. _'눈부신' 님

아마 우리도 주변의 행복은 간과한 채 거대한 행운을 찾아 방랑하는지도 모른다. 그렇다고 절망할 필요는 없다. 행복은 항상 그 자리에서 우리가 알아차려주길 바라고 있을 테니까. 행복이 지쳐서 떠나지 않도록, 너무 늦지만 않으면 될 뿐이다. _'미증유' 님

초판 1쇄 발행 2017년 1월 17일
2쇄 발행 2017년 1월 20일
개정판 1쇄 발행 2021년 1월 21일
3쇄 발행 2022년 7월 7일

지은이 바바라 오코너
옮긴이 이은선
펴낸이 김선식

경영총괄 김은영
책임편집 김은하
콘텐츠사업3팀장 이승환   **콘텐츠사업3팀** 김은하, 김한솔, 김정택, 권예진
편집관리팀 조세현, 백설희   **저작권팀** 한승빈, 김재원, 이슬
마케팅본부장 권장규   **마케팅1팀** 최혜령, 오서영
미디어홍보본부장 정명찬   **홍보팀** 안지혜, 김은지, 이소영, 김민정, 오수미
뉴미디어팀 허지호, 박지수, 임유나, 송희진, 홍수경
재무관리팀 하미선, 윤이경, 김재경, 오지영, 안혜선
인사총무팀 이우철, 김혜진, 황호준
제작관리팀 박상민, 최완규, 이지우, 김소영, 김진경, 양지환
물류관리팀 김형기, 김선진, 한유현, 민주홍, 전태환, 전태연, 양문현

펴낸곳 다산북스   **출판등록** 2005년 12월 23일 제313-2005-00277호
주소 경기도 파주시 회동길 490
전화 02-704-1724   **팩스** 02-703-2219   **이메일** dasanbooks@dasanbooks.com
홈페이지 dasan.group   **블로그** blog.naver.com/dasan_books
인쇄 민언프린텍   **후가공** 제이오엘엔피   **제본** 정문바인텍

ISBN 979-11-306-3463-0 (43840)

다산북스(DASANBOOKS)는 독자 여러분의 책에 관한 아이디어와 원고 투고를 기쁜 마음으로 기다리고 있습니다.
책 출간을 원하는 아이디어가 있으신 분은 다산북스 홈페이지 '원고투고'란으로 간단한 개요와 취지, 연락처 등을 보내주세요.
머뭇거리지 말고 문을 두드리세요.